蔡適任——著

蔡金麥與我

一隻撒哈拉耳廓狐的故事

獻給麥麥，落在沙丘上那道桀驁不馴的光

目次

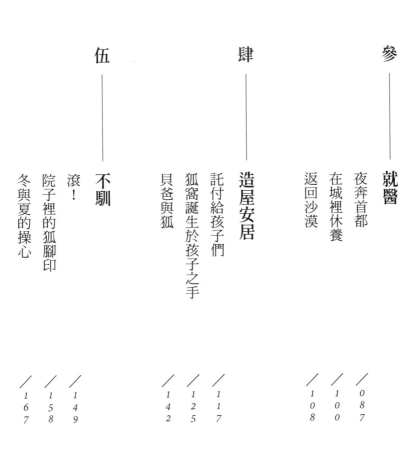

壹·當風輕拂沙丘

沙丘上的麥浪

「若您有天恰巧經過（撒哈拉），請不要急著走，請在星下稍候。若有個金髮小孩笑著朝您走來，若他不回答問題，您一定猜到他是誰。那麼請行行好，讓我不要這麼悲傷，快寫信告訴我，他回來了……」

——聖修伯里《小王子》

形塑沙丘樣貌最隱形、強大、無法忽視且不曾歇止的力量，是風。

當風將沙粒輕輕帶向天際，朝他方拋去，須臾，沙丘便改變了形狀。只需一場突如其來的沙塵暴，一夕之間，整座沙丘化為烏有，於他處重生。

二〇一五年十二月二十日，宿命之神呼出一口氣，化做一場狂風，冷不防撲向沙漠，粗暴地揚起漫天細沙，徐徐送進我心中，堆疊成一座金色沙丘。

在這座金色沙丘，麥狐一族依隨神賜予的天性，安適無憂地活，繁星下，鏽了的轆轤歡唱水之歌，如鈴鐺般笑著，無論那星多遙遠，沒有哪朵玫瑰因玻璃罩被遺忘而被綿羊吃掉。

這時狐狸出現了[1]

「你是誰？」小王子說，「你好漂亮。」

「我是一隻狐狸。」狐狸說。

撒哈拉有股魅力，總能把世間所有燃出色彩，即便是冬季吧，依然暖暖的，白燦燦陽光下，沙丘群在不遠處閃著金光。唯有當風從積雪的亞特拉斯山脈襲來，才讓人想起已值歲末。

1 原文「C'est alors qu'apparut le renard」出自聖修伯里《小王子》法文版。

⁝

那是個稱不上寒涼的上午，貝桑回家族老宅喝熱騰騰的阿拉伯甜茶去了，我獨自在廚房好整以暇地煮著咖啡。這民宿都還沒蓋好呢，臥室地磚也才鋪上，諸等壓力已落在我肩上：競爭已然進入白熱化的沙漠旅遊業，在在壓迫如我這等小規模獨立工作者，更不用說家族一雙雙不斷朝我伸來的索求之手。

出身島嶼的我，真能在沙漠安居，進而實踐夢想？

若「融入當地」意指將自己變得和他們同個模樣，那麼我在這裡沒有未來，畢竟我從無法忤逆己心地扮演一個我不是的人。

若「同化」注定不可行，咖啡與甜茶能否並存於一室？

我深深吸了口瀰漫廚房的咖啡香，瞬間，我已不在沙漠。

剛端起杯子，一個身影擋住門口的光，抬頭一看，是二哥的長子席德。這傢伙不是應該在學校上課嘛！

十四歲的席德是個被父母「放生」的孩子，沉默到近乎隱形，存在感極低，平時跑得不見人影，不似弟弟猶瑟老愛來我這兒蹭好處。大人們說席德素行不良，淨和村裡幾個青少年幹蠢事，或是到處打工、賺零花錢。沒人知道他在學校究竟有沒有學到東西。席德甚至不愛回家，晚上自個兒睡在星空下的沙丘，野生動物似的。

可我總覺他的安靜外表下有一顆溫柔的心，感受是有的，只是藏著，情感是真摯的，但不輕易表露，對事情的看法似乎都淡淡的，事不關己地活著。

⁘

我朝席德笑了笑。他比手畫腳，要我拿相機隨他回家族老宅。

沙漠人習慣外國觀光客好奇地到處拍照，我又愛以相機記錄沙漠生活與自然地貌，在家族眼中，我就是個愛拍照的觀光客。

待我走進家族老宅，所有人全在後院，一雙雙眼睛直盯著角落，七嘴八舌討論著。席德指了指兩個陌生青少年，說：「我朋友。」

我自然而然望向眾人視線集中的角落，竟有個小小生物瑟縮地躲在那兒，警戒地看著圍觀群眾，兩隻前腳被長布條綁著，脖子上胡亂繫著一根又粗又硬的塑膠繩，那是沙漠人用來綁牲口的。

瞧那雙圓圓亮亮的大眼睛，高高豎起的大耳朵與淡金色嬌小身軀，啊，不正是撒哈拉耳廓狐（*Vulpes zerda*）嘛！

我驚訝地轉頭望向席德，不明白為什麼沙丘裡的美麗生物會出現在人類的屋舍。

「昨天，我這兩個同學放學後很無聊，就偷拿家裡的捕獸夾擺在沙丘上，想抓野兔回去加菜。今天早上才發現竟然捕到一隻耳廓狐！他們不知道怎麼辦，也不敢讓家裡知道，就偷偷帶來找我。」

耳廓狐前腳被長布條綁著，隱約可見毛上乾掉的血跡。席德迅速拆開布條。天哪，狐狸兩隻前腳全被斬斷了，已不再流血，斷掉的骨頭呈碎裂狀，只剩外層皮毛與肌肉接連前掌與身軀，小小身軀顫抖著，戒備著，無聲，只怕已傷重到連痛覺都失去了。

大哥的四歲么兒阿迪在旁對著狐狸鬼吼鬼叫，高舉拳頭，作勢要痛扁牠，耀武揚威地展現男子漢雄風。席德大聲喝斥，伸手想拉開阿迪，見大嫂板著臉瞪著自己，一把抓住狐狸斷掉的前腳懸空提起，朝我遞了過來。

我無法想像狐狸承受多大的驚嚇與劇痛，趕緊請他放下狐狸。

狐狸一著地，害怕得只想逃跑，阿迪見狀，興奮地要追，我擔心狐狸因小孩追逐愈發傷重，衝動地抱起了牠。瞬間，我彷彿摟著溫馴的小貓咪。

「小心！會咬人！」男孩們驚呼。

「摩洛哥法律禁止捕捉耳廓狐，你們應該不知道自己已經犯法了。」我迅速解開套在狐狸脖子上的繩索，在心裡暗自發誓，從此不會讓任何一根繩子阻礙這美麗小生物暢快呼吸。

這時，貝桑恰巧回來了，看到我懷裡的狐，瞬間明白發生了什麼事，生氣地對三個男孩說，下次他們再去沙丘設捕獸夾，被他逮到，絕對扭著他們的耳朵，把他們抓去警察局關起來！

「萬一狐狸死了，罪刑可是很重的，說不準得坐幾年牢。這次我原諒你們，如果再犯，沒有任何人可以阻止我去警察局告狀。」我氣定神閒地看著三個男孩。

男孩們嚇壞了，囁囁地說：「那……這隻狐狸送妳。」隨即一溜煙逃了。

大人們的舌頭興許是被警察給關進了牢裡，你看我我看你，沒人吭聲，這狐斷腳就斷腳，沒啥大不了，是我這異鄉人太大驚小怪。

我抱著狐狸，向眾人點頭致意，轉身大步離去。眼角瞥見阿迪膩在最疼他的叔叔貝桑身上，指著我懷裡的狐狸，不知正撒嬌地說著什麼。

⋯⋯

回到民宿，咖啡早涼了，我無法相信自己正抱著如此美麗靈動的小生物，無法相信這小生物受傷之重，依然美麗靈動地活著。

求援念頭終於撥開層層疊疊的慌亂思緒，浮了上來。

我拿出手機，迅速為受傷小野狐拍照，傳訊息給M以及有救治野生動物經驗的朋友。

村裡沒醫院，我只好回家族老宅搬救兵。

大人們一派輕鬆地說，耳廓狐生命力旺盛，只要切掉斷掉的前掌，用繃帶包裹，過幾天就痊癒了。更何況抓耳廓狐是一回事，沒人管，不礙事，但若是帶出門，萬一遇到警察盤查，那可就麻煩了。

我笑了笑，堅定地請他們幫忙找包車，想帶耳廓狐上醫院。

大人們面面相覷，點點頭，一哄而散。

我再度返回民宿，解下身上布巾，包裹耳廓狐，讓牠在紙箱裡休息。在受傷受困的生命面前，旅遊業競爭激烈和家族需索無度全不重要，我只想將這狐納入保護羽翼，希望牠好好的。

苦等許久，全然寂靜終於讓我明白，遑論剛剛答應了什麼，家族沒有任何人在乎動物死活，所有承諾不過是輕輕拂過沙丘上的風，吹動了幾顆沙粒，沙丘稜線依舊。

躺在紙箱裡的狐狸輕輕的，小小的，靜靜的，不太動，沒啥力氣，嚇壞了。但只要周遭稍有聲響就馬上警覺地想反抗與躲藏，甚至作勢咬我。

即使是眼睜睜看著剛種下的樹苗在夏季焚風中乾枯死去，都不似此刻讓我慌亂無助。我難受極了，不知怎麼讓狐狸明白牠安全了，我不會傷害牠，只希望牠好。

但，我真的幫得了牠嗎？野生動物一旦離開自然軌道，落入人類手中，前頭等著的幾乎只有悲慘命運。隻身在沙漠的我，能扛得起照顧受傷生靈的重擔？

正愁，收到M訊息：「有能力庇護和照顧弱小，是一種福氣。盡人事吧。」

我擔心狐狸死掉，M說：「我也不知神的計畫，只知道在這個時候，就做妳能做的，同時也為牠祈禱，如果肉體太受苦，至少讓靈魂能在溫暖中。」

「狐狸兩隻前腳都斷了，即使傷口痊癒都無法回野外獨自求生，更何況家族不幫忙，我沒辦法為牠取得適當的醫療資源。」

「小狐狸還有生命力，但是怕感染，若能截肢消毒，是有機會活著的。家族與妳價值觀不同，或許會看在錢的份上做事，卻也是種相處的機會，就可能有欣賞和愛。」

「我很怕付出心力、時間和愛去醫治牠之後，結局是處理狐狸屍體，我會非常傷心。」

「盡人事，交託神。牠也是來幫助妳和這邊的人發展愛的，有了牠會更有故事。」

思索了好一會兒，終於，我說：「好吧，那我要救牠！」話一出，力量便也回到心中。

「謝謝妳，相信並堅定心意。小王子的沙漠本來就要有狐狸的呀。」

貳·照顧與摸索

自行醫治

「我把水桶舉到他唇邊，他閉著眼睛喝水。就像節慶般甜美。這水因星空下的步行、轆轤的歌聲以及我雙臂的努力而誕生，不只是食物。對心靈有益，就像禮物。」

漫長等待與無聲漠視讓我明白家族對小狐狸的苦痛全然無感，逕自活在慣常生活軌道裡，即使我一再請求都無法干擾那一大家子的平安喜樂。

「把狐狸放回沙丘吧，不會怎樣的。家裡藏隻狐狸總不太好，萬一被警察知道……」

我搖頭，傳訊息請台灣獸醫朋友開張藥物清單。

在我三催四請下，貝桑找來計程車，隨即轉身離去，以沉默與缺席讓我明白這隻狐狸只會是我一個人的事。

是啊，我沒夥伴，孤零零在沙漠，但為了照顧懷裡這隻暖乎乎的小狐，我必須堅強！

暫別狐狸，我坐上計程車直驅小城藥房。拿出藥物清單正打算向藥劑師和盤托出時，想起家族顧忌，便謊稱是狗受傷。

藥劑師看了看清單，在櫃檯上擺了瓶瓶罐罐任我挑選，碘酒、多種刀傷藥、抗生素、紗布與棉花等，我示意全部打包，這點醫藥費我還付得起，只要能留住狐狸性命。

回到家，狐狸依然靜靜躺在紙箱裡，兩隻斷掉的腳掌早已壞死，接不回去了，懸空晃呀晃的，任誰看了都疼！我要貝桑乾脆割斷連著腳掌和前肢的皮肉，他下不了手，一溜煙跑了。我同樣無法親自動手。恰巧民宿工程正在進行，我拿了把刀，比手畫腳地請小工人幫忙，他點點頭，接過利刃，手起刀落，那兩隻前掌自此便永遠與身軀分離了。我感激地雙手奉上一筆豐厚報酬。

小狐狸呢，畏懼著人與任何聲響，對於發生在自己身上的事一無所知。

我將狐狸殘肢埋在民宿門口的樹下，埋得深深的，祈禱所有已然逝去的，都將化做生命養分，隨著樹葉枝幹往上伸展，張開手臂迎向寬廣藍天。

••••

或許早痛到沒有知覺，小狐狸毫不掙扎地任我將牠從紙箱裡抱出，帶進浴室，以細細水流洗去傷口上的沙，洗去沾染皮毛的血痕與塵土，直到傷口乾淨，再以碘酒消毒、抹藥、包紮。放牠回紙箱休息前，我還餵牠吃了一點抗生素。

我清空一個大鐵箱，在裡頭鋪上舊棉被，給狐狸做了張大床。冬天夜寒，養傷中的動物尤其需要保溫，我依照網路資料買了燈泡與電線，安裝好後放入玻璃罐，自製保溫燈，再從行李箱拿出藍色絨毛布偶給狐狸做伴。

藍色絨毛布偶是我從台灣帶來的。

幾個月前，我偶然遇見一隻連一滴母奶都沒能喝到便被遺棄的小奶貓，把牠帶了回家，因是九月出生，命名「金桂」。每天親自餵奶，把屎把尿，好不容易活到一個多月，身強體壯，搖搖晃晃開始學走路了，就在交給領養人前幾天，桂桂意外驟逝，讓我極度不捨，便把陪伴牠的藍色絨毛布偶硬塞進行李箱，就像把桂桂帶在身邊一樣。此時拿出來陪伴受傷小狐，或許也是以「愛的延續」來稍稍彌補遺憾吧。

保溫燈光線有些刺眼，我怕影響小野狐睡覺，直到天亮前氣溫最低時才打開。

整顆心懸在小狐狸身上的我把鐵箱搬進房間，放在書桌旁。多數時刻，鐵箱靜悄悄的，小狐狸應該是在休息吧，但我又好怕全然寂靜暗示牠已斷氣，時常得克制開箱查看的衝動。

更怕鐵箱一開，看到一具冰冷僵硬的狐狸屍體。

又想著，或許死了也好，離苦得樂，失了兩隻前腳的小野狐該怎麼活呢……

周遭人的全然漠視更讓我擔憂。

這裡可是沙漠呀，即使人們有一丁點兒同情受傷動物，卻不可能付出太多，即便是人，不也靠著身體自癒能力處理多數的病痛？而我竟然為了一隻小野狐花大錢包車進城買藥，多麼奢侈，多麼愚蠢且浪費金錢的異族女子！

偏偏，小野狐擺明就是「殘廢」了，一旦收養，總有需要家族幫忙照顧的時候。

無論讓我與小狐在此相遇的因緣為何，身處家族土地上，我與狐莫不寄人籬下。

••••

M傳來訊息：「動物有牠的接受性和堅韌。注意有時要碰觸或攜帶牠，可能要先蓋住牠的頭部，尤其是眼睛和耳朵。若有進食就有機會。沒有兩前掌很難照顧和自己生存，若牠狀況無法好轉，該走時為牠祈禱並放手。沙漠的生命是很堅毅的。沙漠人也有他們的溝通方式，不然不會投生在那裡，剛好又是教導愛、尊重、責任與照顧的課題。一家有一家的習氣，如同集體意識與共業。妳只需先守護好自己，穩定了才有力量影響其他人。」

第二天，小野狐活動力減弱許多，奄奄一息。

台灣獸醫朋友要我減少抗生素劑量，試著餵牠吃牛奶稠粥。

我趕緊煮了一鍋，卻也困惑，這狐從來只吃沙漠野物，別說嚐過人類以火烹煮的熟食，就連一粒米都不曾入口，牛奶稠粥即便營養，真入得了牠的口？

我拿湯匙試著餵牠吃粥，無奈小狐只吃了兩三粒米便拒絕進食，我不再勉強，以布巾拭去牠臉上沾黏的濃粥。

回到鐵箱，小狐狸動也不動，一息尚存。我靜靜坐在鐵箱旁，就當陪牠臨終，不想讓牠孤單地走，一直告訴牠我愛牠。心裡有著對狐狸的不捨與對人類的厭惡，我提醒自己屏除雜思，收攝心神，專注在對狐狸的愛，祝福狐狸乘著愛，前往更好更好，有光有愛的地方。

⋯⋯

下午再度收到M訊息：「在這年代，多數人選擇『怕麻煩』地活著，不知道生命有多珍貴，直到即將失去自己的。讓狐狸安靜休養，妳觀察當下牠的需要。給牠聽mantra（《摩訶真言》）是能為牠做的最好的事，狐狸耳朵大，小小聲即可，那可以幫助牠平靜，就算需要離開了，下一生還有機會轉換更好的際遇。」

我拿出MP3，不間斷地播放，神奇地，小狐狸似乎真的較平靜些。

夜幕剛落，小狐突然在箱子裡不安起來，首次想衝出箱子，讓我不知所措！這時竟然收到M訊息：「注意抗生素的量，可能削弱牠的生命力。看牠是否舔蛋液？如果願意進食，會有活下去的可能。沙漠狐不太喝水。暫時讓牠自己休息，若沒發炎，抗生素就先別太多，或很少量，也問問獸醫。白天讓牠盡量安靜休息，晚上看狀況讓牠出來透氣和餵食。現在先讓牠吃蛋液，比較有活力後可加點水果。」

這時，房間陷入全然黑暗，停電了。

我方才想起，貝桑曾說今晚會停電，家族老屋電線待修，明天才能找人處理且不知何時可以修好。

沒電沒燈，我連幫狐狸換藥都難，更不用說點保溫燈了！我不想放棄，我正在為延續小狐狸的生命奮鬥，但接連發生的巧合實在……

黑暗中，我走到不遠處的雜貨鋪購買沙漠女人用來畫黑娜（henna）、狀似針筒的注射器，充當小狐狸的餵食器。等貝桑回來，燭光搖曳中，在 mantra 樂聲陪伴下，兩人一起幫耳廓狐換藥，我將生雞蛋打成蛋液，拿出注射器，吸了滿滿一管，將小野狐摟在懷裡，像餵嬰兒喝奶一樣試著餵牠吃蛋液。

牠竟然張開小嘴巴，舔了起來，慢慢吃了將近半顆蛋！

我終於安下心，摟著牠，不斷跟牠說我很愛牠，如果牠願意活下來，我承諾會好好照顧牠；如果牠選擇前往另個世界，我要牠記得被深愛的感覺，記得牠是享受豐沛大量的愛的，忘記傷害牠的男孩和捕獸夾，跟著光走，去更好更好的地方。

mantra安定情緒的神奇功用讓小狐靜靜地窩在我懷裡，我對牠輕聲叨絮了好多愛的話語，許久許久，才放牠回箱子休息。

隔天上午醒來，我伸手開燈，屋裡依舊漆黑一片。

打開箱子一看，呵，小狐狸精神好多了，甚至有力氣擺出防禦姿勢兇我哩！

命名

「金色小麥會讓我想起你。而我將愛上風吹過麥子的聲音……」

「放給耳廓狐聽的 mantra 小小聲就夠，白天盡量讓牠安靜休息，晚上再餵食，視情況讓牠出來透透氣。」

收到M的提醒，我才想起維基百科寫著耳廓狐是夜行性動物，聽覺極為靈敏，甚至聽得到地底獵物的聲音。身為照顧者的我，資料是讀過了，卻連音量大小都未能符合狐的天性。人類多麼可笑啊！

我請M幫我和狐狸溝通，別老是兇我、張嘴想咬我。

「牠就像成年浪貓，當然不親人，何況是沙漠混大的。別忘了，牠是一隻受重傷的小野獸，不該用寵物想法期望牠。把小王子與狐狸那段讀一次吧。或許妳會在小狐狸身上看到更多的自己。牠康復了，可能無法野放生活。我想神給了個智慧與愛得同步的禮物給妳。」

⋯⋯

將野生動物視為寵物地對待並非愛，走訪多個動物收容所的上田莉棋認為：「很多動物不適合當寵物，也不是你養牠就代表很有愛心。飼養野生動物，只代表你縱容和鼓勵不法分子把年幼的動物，從天然環境和媽媽懷抱搶走。」尤其野生動物往往需要大範圍活動空間、天然食物、捕獵並與同類互動，此即「動物生存福利」。是而「在野生動物身上，有時候愛是要保持距離」[1]。

1 上田莉棋，《別讓世界只剩下動物園》，啟動文化，二〇一八年。

雖偶有獅子與人親近的例子，如在肯亞將被遺棄的幼獅艾莎養大並野放的喬伊·亞當森，其經歷不僅出版，甚而拍成電影，感動許多人[2]。更戲劇性的例子發生在二十世紀七〇年代，兩個澳洲年輕人在倫敦百貨公司買下一隻四個多月的小獅子，想方設法讓牠受訓並送往肯亞，一年後前往探望，獅子認出了他們，熱情飛撲[3]。然而，這兩則真實例子裡的獅子皆在幼年時因故被人收養，且最終野放，而非終其一生皆為寵物。

耳廓狐天生美麗、細緻、優雅而靈動，好似可愛玩偶，但畢竟是野生的，我不能把小狐「寵物化」、「擬人化」，甚至「卡通化」。

尤其耳廓狐整體生命運作系統與沙漠自然條件配合得天衣無縫，截肢對這隻小狐來說，失去的可是往昔沙丘生活所有經驗與記憶、讓神賦予牠的本能與大自然完美和諧呼應的生存方式，以及一隻耳廓狐理應享有的生命型態。

我同意龍緣之所說：「狐狸不應成為家庭中的寵物，從動物福利的角度來看，絕大多數的居家環境無法滿足牠們的基本需求。」[4]

若非這狐已無法獨立生存，我根本不想留牠，總希望野生動物能在原屬棲息地自由自在地活。

⋯

既然決心扛起照顧小狐的責任且有長期收養的打算，是不是該幫狐狸取個名字？

法國哲學家德希達重新解讀《聖經．創世記》，在創世第五天，上帝創造了動物卻未命名，第六天，依照自己形象而創造了亞當，並將動物帶到亞當面前，「是為了看看他給它們起了什麼名字」。在上帝目光下，人為動物命名，優越地

2 喬伊．亞當森著，龐元媛譯，《獅子與我》（台北：貓頭鷹，二〇一二年）。
3 安東尼．柏克、約翰．藍道著，蔡青恩譯，《重逢，在世界盡頭：從倫敦到非洲的人獅情緣》（台北：遠流，二〇〇九年）。
4 龍緣之，《尋找動物烏托邦：跨越國界的動保前線紀實》（台北：這邊出版，二〇二二年）。

享有話語權，征服並統治動物，自此人與動物關係不再平等[5]。

至於我，命名不為征服或統治，更無優越感，而是擁有連結。從此以後，這隻狐狸不再只是「一隻狐狸」，而是與我的生命擁有緊密連結、獨一無二的「那隻狐狸」，我心裡將有個位置永遠保留給這隻有名字的狐狸，若哪天牠離開，我的心肯定是會痛的。

猶豫許久，終究，我告訴自己：「儘管去愛！不要怕受傷害！」

小王子那隻狐狸像粒沙子，隨風飄進我心裡。

《小王子》書裡使用的是最常見的字眼 renard（狐狸），耳廓狐的法文是 fennec，然而，飛行員是在撒哈拉遇見小王子，小王子則是在一棵蘋果樹下遇見狐狸。聖修伯里畫的狐狸有一對長長大大的耳朵，耳朵占的身體比例高於一般狐狸，正是耳廓狐特徵。他與夥伴在撒哈拉墜機時，渴極餓極，曾追蹤耳廓狐足跡，著迷地觀察這靈巧小生物在沙漠裡覓食[6]，甚至飼養過。[7]

耳廓狐肯定是《小王子》那隻狐狸的原型，是聖修伯里創作靈感來源。

但小王子的狐狸沒有名字，單純是隻「狐狸」。

狐狸要小王子馴服牠，說：「瞧！你看到那邊的麥田了嗎？我不吃麵包，小麥對我來說，毫無用處。麥田不會讓我想起任何事，這挺悲傷的！然而你有一頭金髮，當你馴服了我，那將多麼美好！金色小麥會讓我想起你。而我將愛上風吹過麥子的聲音……」[8]

一個名字在腦中一閃而過，決定了，從此這狐全名「蔡金麥」，簡稱「麥麥」。

---

5 Jacques Derrida, *L'Animal que donc je suis*, Edition Galilée, 2006.

6 安東尼．聖修伯里著，蔡孟貞譯，《風沙星辰》（台北：愛米粒，二〇二二年）。

7 安東尼．聖修伯里、阿勒班．瑟理吉耶、安娜．莫尼葉．梵理布著，賴亭卉、江灝譯，《遇見小王子》（台北：大塊文化，二〇二三年）。

8 見《小王子》廿一章。

小王子有一頭金髮，耳廓狐身上毛髮恰如金色麥浪，這陣子剛好也是麥子播種期，多麼美麗的巧合！

⋮⋮

隨著麥麥情況持續好轉，我深深詫異於沙漠野生動物生命力之強韌！幫他的傷肢換完敷料，再餵他吃蛋液，注射筒一接近小嘴，他隨即啪搭啪搭舔了起來，食量日日增加些許，快吃完一整顆蛋了，若餵他喝牛奶就不愛。

換藥時，我用布摀住他的眼睛和耳朵，減少他的恐懼，或許他真的知道我在照顧他吧，安靜溫馴，讓人幾乎忘記他是一頭能傷人的小野獸，包紮時我不小心弄痛了傷口，他也只稍稍顫抖一下。

傷勢一穩定下來，麥麥很快在窩裡排泄，我趕緊換上新棉被，半夜燒熱水好清洗髒了的被巾，晾在院子，如此隔天才有乾淨棉被可用。

「都這麼晚了，明天再洗。」貝桑被浴室洗刷聲吵醒，沒好氣地說。

「那可不行，誰願意和自己的排泄物同床共枕，更何況是養病療傷中的生命。總得環境舒服乾淨，傷才好得快呀！」

「不要再叫他麥麥了，狐狸就是狐狸，瘋了才幫動物取名字。」

⋯⋯

M傳來訊息：「麥麥會幫妳看見實相的本然。他沒有多餘的憤怒，只是這一生是活在沙漠的動物，有著神給他的本能與回應方式。所幸，動物都是單純的。麥麥狀況還不穩定，只能多觀察。水果是狀況更穩定後才會吃，也看是什麼水果。野生動物會自己調節，通常不舒服時會減食或斷食，四天沒吃都可以。去了解他在天然生長環境可能取得的食物。他半大不小，不是未斷奶的無知幼狐，習慣吃的是自己抓的活體，平常可能有一餐沒一餐。觀察他的生命跡象，若還穩定，幾天不吃其實還好，可放點水在他看得到的地方，或偶爾放顆蛋（但不要一直放著）。若那有鳥蛋也可試試。也可看他在那環境下可能取得的水果，先用果汁餵食。試試吧，他會自己選擇的。」

每晚摟著麥麥，幫他換藥、餵他吃蛋液，是他最溫馴、與我最貼近的時刻。

夜幕已落，民宿偌大空間裡只有我和麥麥。我試著摟著他往門外走，帶他到院子呼吸新鮮空氣。都還沒踏出房門呢，彷彿聞到沙漠氣息，他激動地想掙脫我的懷抱往外衝。我趕緊轉身面向室內，他才稍稍安靜，但只要我面向院子，也就是沙丘的方向，他馬上激動起來！

啊，或許是狐的天性自然回應原鄉的呼喚，想回家吧。

麥麥傷勢愈穩定，警覺性愈高，時常兇我。

我知道自己必須學著跟他建立良好關係，找出可以讓他在人類屋簷下安適活著的互動模式。

一整晚，我打開鐵箱，讓裡頭的麥麥可以透氣呼吸，身子一挺就看得到我，慢慢習慣我的存在。我知道他怕我，不急著拉近距離，小王子與狐狸的關係同樣是慢慢建立起來的呀！

照顧僅一周，竟覺與麥麥已在烽火連天中，攜手走過生生世世。

我慢慢摸到這小傢伙的行為模式。雖說狐狸是犬科，但麥麥更像貓咪，性情不定，每回箱子一掀開就戒備地看著我，低吼，甚至作勢攻擊，可是只要貝桑像抓小貓小狗一樣地從頸背拎起他，他隨即毫不反抗地讓我摟著，任由我們換藥、餵食。

雖知擁在懷裡的是一頭獸，仍覺麥麥好小、好脆弱，才一公斤重呢。

我輕輕喚他的名，讓他明白這是在叫他，也忍不住把他當小貓咪一樣地搔搔頭，沿著一雙大耳朵幫他按摩。只覺懷裡這隻小狐狸很享受搔癢、按摩與擁抱，呼吸平穩規律，闔上雙眼，一動也不動地近乎睡著，頭還放鬆地輕輕往一邊撇。

忽地，他睜開眼睛，不安地動了一下，我感覺身上一股熱，啊，他尿在我身上了。我不以為意，生病中的動物有排泄才是好事。

我把麥麥輕輕放回小窩，燒柴，準備熱水洗澡、清洗他的毛巾墊被。正忙著，貝桑進房，嫌臭，箱子一掀開，麥麥竟在窩裡拉肚子，毛上沾染些許排泄物。

「狐狸好臭！」

「所有動物都很愛乾淨，有些甚至會掩埋自己的糞便，麥麥是因為受傷，被困在這裡，才會在窩裡排泄。」我壓下心中怒意，迅速更換墊被。

我將只會抱怨的無用男子趕出屋外，帶麥麥到浴室，用熱毛巾細細清理沾在狐毛上的排泄物。

麥麥溫馴地任我處置，我竟覺他一臉無奈尷尬，那雙圓圓亮亮的大眼睛愈來愈溼潤，甚至有一顆清澈的眼淚快掉了下來！

我趕緊抱給貝桑看，說：「瞧！麥麥什麼都懂！發生這一切不是他願意的。《古蘭經》要我們照顧弱小貧困者，耳廓狐也是真主阿拉的創造，我們明明在家裡坐，阿拉就把他送來了！我們應該好好照顧他，就像照顧真主阿拉一樣！」

即便明白成人僵固腦袋裡的舊有思維難以改變，仍得試著撼動周遭人對「野狐無用」的既定觀感，若我真想讓麥麥在人類屋舍裡安居。

⋯⋯

我清洗沾到排泄物的藍色絨毛布偶，晾在院子。

隔天清晨，摸了摸晒衣繩上的藍布偶，不愧是沙漠，僅一個晚上就快乾了，白天太陽晒，殺菌，晚上就能放回箱子陪麥麥。

有人敲民宿大門，是大哥的二兒子，九歲的穆罕默德，身邊還跟著親弟弟阿迪。穆罕默德說大哥常在外頭做生意，大嫂一個人要照顧阿迪和麗安兩個幼兒，又要做家事，身體勞損過度，想跟我拿些台灣的藥。

我點點頭，即便手邊醫療物資所剩無幾，在這個以生育功能定位女性價值的傳統裡，大嫂為家族貢獻了三男三女整整六個子嗣，生育最多，理應受所有人尊敬，更何況我還是個沒能為家族產下一兒半女的異族女子，既然尊貴柔弱的大嫂開了金口，我就該服從，甚至得因為她願意跟我索討而感激涕零。

我回房，從櫃子裡拿了兩瓶萬金油和三包痠痛貼布，一轉身發現穆罕默德兩眼正迅速掃視整個房間，顯然機靈的他早已記住屋內物件，過兩天便會想些冠冕堂皇的理由來討來要。

穆罕默德拿了藥物，牽起阿迪的手就要回家。阿迪不走，指著晾在繩子上的藍布偶，小小聲地，撒嬌地，在穆罕默德耳邊說著悄悄話。

瞧那姿態，我懂。

果然，穆罕默德問，阿迪想要那個布偶，能不能給他？

雖有淡淡罪惡感，我仍笑著說不。

阿迪看我搖頭，既委屈又生氣地說他就是要。

穆罕默德看著我，我明白他心裡想著，這女人是怎麼回事？連個布偶都捨不得？阿迪還是個孩子啊！

我不屈服於情緒勒索，依然笑著搖頭。

阿迪怒了，大哭，躺在地上打滾。我冷冷看著，適才那一丁點兒罪惡感全給鬧沒了。

穆罕默德看了我一眼，從地上一把拉起阿迪，硬扛回家。

我聽著阿迪哭聲遠去，接著從家族老宅傳來阿迪呼天搶地的哀號，伴隨大嫂一聲聲痛罵，左一句「艾伊夏」（我的摩洛哥名字）、右一句「艾伊夏」，與不時出現的「台灣」兩字。這屋子只有我叫「艾伊夏」，即便剛拿到沙漠買不到的台灣藥物，只因寶貝兒子得不到布偶，大嫂便在背後痛罵我。

無所謂，布偶是我的狐狸的，誰都別想搶走。

晒了一整天沙漠豔陽後，晚上，我把布偶放回箱子陪麥麥。

不一會兒，我小心翼翼掀開箱子，發現他把原本靠邊邊放的布偶推到中間，下巴靠了上去，見我偷看，還用眼角餘光覷我！

呵，麥麥應該很喜歡這只布偶，或許毛茸茸的質感讓他想起沙丘上的麥狐一族，在他孤單寂寞寒涼時，給予些許溫暖與安慰。

每回只要把布偶拿出來清洗，麥麥就落單了。

⋯⋯

照顧小野狐的方式只會是在嘗試、觀察與互動中，慢慢磨出來的，畢竟每個生命都是獨一無二的特殊個案，無法一言以蔽之。

為此，我與貝桑無法避免地一再起衝突！

貝桑認為該用繩子綁著，養在院子，多晒太陽對他比較好。

「耳廓狐是夜行性動物，哪有人大白天養在外頭的！明明熱愛晒太陽的人是你，不要以為麥麥也有這種需求！更何況網路資料都寫了，狐狸最好養在室內，一旦逃脫，就不回來了！」我怒吼。

「好幾次，我在大白天的沙丘上看到耳廓狐在獵食、玩耍，麥麥是沙漠動物，就像遊牧民族是沙漠來的人一樣，全都需要一望無際的空間和太陽！讓麥麥出來晒晒太陽，不僅傷口好得更快，整個毛色都會更漂亮！那些專家可能很清楚其他野生動物，但麥麥是沙漠的動物，還是沙漠的人最了解！」貝桑同樣生氣地說。

家族男人的嘲諷

過幾天，趁著難得進城採購，我在市集挑了塊深咖啡絨毛布料，顏色接近樹木、土壤和洞穴，打算鋪在狐窩，好讓麥麥有回到蓋亞懷裡的感覺。

夜裡，幫他換了藥，餵他吃完蛋液，抱著他，幫他搔搔頭與下巴，直到他在我懷裡睡著。許久，才放他回窩。這是我第一次主動中斷與麥麥的溫存時刻，待他發現自己回到小窩，睡眼惺忪地抬頭看我，彷彿說著：「什麼？這麼快就結束囉？」我在他窩裡放了一小碗水，他快速喝了起來，還不時警戒地回頭偷看我有沒有偷看他偷喝水，真的好可愛。

麥麥其實很好搞定，一見到人，仍是擺出想幹架的姿態，這時第一個祕訣便是放下深怕被咬的本能恐懼，帶著愛，勇敢地伸出友誼的手。

……

隔天趁著豔陽高照，男人們在民宿裡大掃除，我奮力清洗麥麥的墊被等，甚至第一次在白天幫他換藥，就著日光端詳了好一會兒。即便缺乏專業醫療知識，我都知道必須帶他就醫，捕獸夾截出的傷口並不平整，碎裂的骨頭裸露在外，這狐竟能活到現在，已是奇蹟！

我摟著麥麥，一起晒著暖暖的冬陽，用熱毛巾幫他擦澡，蒼蠅成群出現。

或許是不堪其擾，忽地，麥麥脖子一伸，張嘴微慍地朝蒼蠅咬了一下，那動作之凌厲迅速讓我突然明白，麥麥其實懂得我對他的好，若真要攻擊，他早不知有幾千次機會！麥麥永遠不會像寵物一樣撒嬌、主動親近，卻在不經意間讓你明白，他已經認了你。

然而，蒼蠅環繞不也顯示麥麥有健康疑慮？或許是傷口味道，或許是生病讓身體發出異味……

正胡思亂想，以四哥為首的幾個家族男人走了過來，帶著禮貌的笑，語氣溫和地讓我知道，雖不干涉我的行為，但家族無法理解我為何將一隻受傷、殘障的成狐當成自己的孩子照顧？

「狐狸養在民宿，觀光客會喜歡，但必須從小養起。妳如果想要，春天是狐狸出生的季節，我們可以去狐狸窩抓隻健康的幼狐，簡單弄個角落，餵點蔬果肉類，小狐狸傻傻的，即使長大都不太會跑。抓到野生成狐根本沒用，一天到晚只想逃，這隻還殘廢，拿來和觀光客拍照多尷尬。」終究，四哥開了第一槍。

是啊，村子外圍通往沙丘群的柏油路旁，總有孩子雙手高舉耳廓狐，提供給觀光客拍照，賺點錢。或許在四哥眼中，狐狸只有在能夠幫忙賺錢時才有資格吃人類一口飯。

「幼獸應該和母獸在一起，而不是被人類捕捉、豢養，就像小孩應該由母親照顧一樣。」

「真是笑掉人家大牙，我們村裡抓幼狐甚至火鶴雛鳥回來養的，還少過嘛。」

「我並不是想養耳廓狐而留下麥麥，而是麥麥需要醫療與照顧，所以我才接手。世間萬物都是阿拉的創造，包括人類、動物與這隻受傷的小野狐，是阿拉把麥麥送到我們手裡，好好照顧麥麥，才是對阿拉的服務。」為了結束不可能有共識的討論，我搬出了阿拉。

一群男人沉默了好一會兒，詢問接下來我打算拿麥麥怎麼辦？

「我想帶他找醫生做截肢手術，他的傷才會好。」

所有人哄堂大笑！

「妳瘋了嗎？帶動物上醫院、看醫生？我這輩子還真沒聽過。不過就一隻畜生罷了，犯不著浪費錢。沙丘上那些斷手斷腳的狐狸不也活得好好的？我見多了。」

我冷冷地看著四哥的眼睛說：「野生動物受傷或瀕臨死亡，通常會找個安靜隱密的地方躲。不是狐狸被截肢還能在野外活得好好的，而是那些受傷死去的，不會讓你們看到。」

⋯⋯

然而，我不能貿然帶麥麥直闖醫院，雖然我的獨斷強勢與經濟獨立讓我在家族享有一定的自由與決定權，為了麥麥，仍需避免與家族起正面衝突。

入夜，我將麥麥摟在懷裡，餵他吃蛋液，他不太賞臉，把嘴巴藏在裹著他的布裡，閉起眼睛，在我懷裡睡著了。

我拿了生雞胸肉條，放在他鼻子前，他給我一張嫌惡的臉，小嘴閉得緊緊的，我不勉強，就只是摟著，他很自然地在我懷裡睡得安穩香甜，呼吸平緩規律。呵，除去他一見到人就警覺地自我防衛的時刻，照顧他遠比照顧浪貓還簡單且甜蜜。

把麥麥放回小窩時，他竟然保持原姿勢繼續睡，動也不動。

我把生雞肉條放他旁邊，關上箱子，不一會兒，箱內傳來唏唏嗦嗦的聲音。

直到再度恢復平靜，我打開箱子，呵！生雞肉條已經不見了。

原來他不是不想吃，而是不想在我面前吃啊！

……

就像所有生病的動物，麥麥的毛慢慢糾結成團，多少有體味，那不是「臭」，就只是「動物的味道」，所有養過動物的人都明白。

或許是受傷虛弱，或許與我已漸熟悉，也或許認定了鐵箱是窩，白天，我將箱了抱到院子，打開，讓麥麥靜靜在箱子裡晒太陽、吹風、透透氣。他安適地窩在箱子裡，一點逃跑的意圖都無，偶爾聽到麻雀飛過的聲音或我的動靜，也只會拉長身子好奇地探出頭來看個究竟。

當我抱起麥麥，他的反應愈來愈是軟軟甜甜地在我懷裡融化，瞇起眼睛睡覺，任我幫他抓抓頭，搔搔下巴，連旁人接近也只開個眼縫，隨即再度閉起雙眼。

人狐相伴的寧靜歲月似乎可以永遠過下去，每回清理麥麥那毫無自動癒合希望的傷肢，真覺他還活著是神的恩賜！我不知這樣的日子還能多久，但只要麥麥還在，便只想給他最多最多的愛。

⋯⋯

過幾天，貝桑堂哥卜拉辛來訪，我喜出望外。

卜拉辛是龐大家族裡我第一個認識的人，性格沉穩樸實，散發讓人安心的氣質。

他一進門，問我在沙漠過得好不好？

雖然每個來訪的親族都會相互問候，但我知道他是真的關心而非寒暄客套。無事不登三寶殿，卜拉辛放著店鋪不顧來找我，必定有事。

果然，他看了看麥麥，問我是不是真要把狐狸留在身邊？

我點頭，警戒心已起。

「我知道台灣很遠，那裡的文化和生活很不一樣。但妳畢竟在沙漠，還是得尊重傳統。」他頓了頓，好一會兒，說：「妳應該知道穆斯林不喜歡把狗養在家裡，以免大天使不肯進門。事實上，伊斯蘭不允許豢養、訓練甚至販售狐狸、狼、獅子和老虎等。除了浪費金錢，也因這些動物具有野性，是不可預測的危險。」

「麥麥很小一隻，人類比較可怕，更危險。」

卜拉辛笑了，語氣依舊溫暖：「很多人豢養奇珍異獸是為了滿足虛榮心，我知道妳不是，但還是得讓妳明白為什麼身邊的人並不認同。」

「是家族要你來勸我的？」

「很久以前，我聽伊瑪目說過一個故事。有個貝都因人撿到一隻還在哺乳中的幼狼，把牠帶了回來，用羊奶餵養，讓牠習慣和羊群生活，以為幼狼長大後，習性肯定和羊一樣，甚至比狗更能保護羊群。怎知後來狼一口吃了羊。貝都因人後悔都來不及。」

「麥麥是狐狸，不吃羊。」

「狐狸和人不親，應該回到動物的世界。」

「我不需要麥麥和我親近，只希望他好好活著。」

「養狐狸很花錢。」

「打從麥麥出現，整個家族大大小小趁機從我身上要的拿的與偷的，早就比花在麥麥身上的錢多出太多了。」

卜拉辛爆出爽朗笑聲，說：「我知道妳在說什麼，就做妳想做的。麥麥真的很可愛，是隻漂亮的狐狸。」

⋯

想起四哥頤指氣使與眾人訕笑，毫不遮掩的人類至上心態讓我憤恨難平。人自以為擁有理性、情感、意識甚至「靈魂」，自詡為地球上最特出的生物，殊不知身上五分之四基因與灰熊、獵豹、雪猴、藍鯨甚至耳廓狐相同[1]，忘了人類同樣是「動物」，建構世界的方式與動物相同，皆以自身物種為第一優先，即便透過覺知和思想交流而變得更強大敏銳，內底動物性並不因此終結[2]。

「人類中心主義」（Anthropocentrism）認為動物生命輕如鴻毛，且世間所有皆可為人所用，漠視這幾百年來的經濟發展所造成的種種開發，已是對地球資源的剝削與掠奪，是對其他物種的摧殘與壓迫，甚而大幅改變地貌、氣候與生態系統，讓世界早已走入「人類世」（Anthropocene）。

如同野生動物捍衛棲地、驅逐入侵者，人類同樣畏懼動物進入自己的生活空間，設下區隔文明與野蠻的邊界，只有少數已馴化物種得以被赦免。

因恐懼、無知、偏見與不容異己而來的人類行為，在在威脅野生動物生存，後者甚至被視為「人類自己競逐社會和經濟資源的代言人」[3]。

1 道格拉斯·查德維克著，柯清心譯，《人類是五分之四的灰熊》（台北：知田，二〇二三年）。

2 梅蘭妮·查林傑著，陳岳辰譯，《忘了自己是動物的人類》（台北：商周，二〇二一年）。

3 海倫·麥克唐納著，韓絜光譯，《向晚的飛行》（台北：大塊文化，二〇二三年）。

狼便是一個最好的例子。

人們認定「狼屬於荒野，而人屬於文明社會，兩者不可能共同生活」，試圖馴化甚而控制狼這「荒野的象徵」，畢竟人要的不是荒野，而是安全，當野生動物讓人們質疑自己的控制能力時，便高呼該索性一舉殲滅所有猛獸[4]。

即便「花園和後院像是特別貿易區，跨立於自然與文化、家庭空間和公共空間之間虛構的界線兩端」，成為人獸共有的家，人類依然希望一切按照自己的規矩走，而非順動物的意，「期望動物在一個不言而喻的社會階序中安守自己應有的地位」，對動物的接受度取決於該物種是否為入侵者、外來種、暴力或染病，而這同時反映人類對世界自然結構的假設[5]。

即便是世代生活在撒哈拉的遊牧民族，概念亦類似。

在這父權至上且認定人類遠比動物優越的傳統家族裡，面對「人獸殊途」的集體共識，為麥麥取得活命所需的醫療資源難如登天。

不在預期卻又似命中注定，轉機出現了，來自台灣。

機。

三立電視台《消失的國界》團隊前來撒哈拉採訪，竟成功為麥麥轉來就醫契

4 艾莉・拉丁格著，楊夢茹譯，《狼的智慧》（台北：商周，二〇一八年）。

5 《向晚的飛行》

轉機

二〇一五年底，《消失的國界》團隊前來拍攝飽受氣候變遷衝擊的撒哈拉，順勢在我們民宿住下，也以攝影機留下了麥麥受傷未癒的身影。

前一天，和兩位記者約好一早帶他們上沙丘拍攝。清晨六點不到，麥麥異常地在箱子裡撞來撞去，這是他第一次想跳出箱子。不安於室的聲響提醒了我，記者傅家慶特地從台灣幫我帶了小型犬的胸背帶與牽繩，這讓麥麥上沙丘成了可能，況且我們將以吉普車代步，對麥麥干擾較小。

我決定把握千載難逢的機會，帶麥麥回去他來的地方，這也是遇到麥麥後，我第一次帶他上沙丘。

這些天，麥麥看似愈來愈逆來順受，任何人都可以把他當小布偶一樣抱著，好像他已經放棄了什麼，我只有心疼。

一上車，即使仍被我緊緊抱著，麥麥呼吸愈形急促，轉頭望向窗外，似乎知道自己正朝沙丘群駛去，又看了看我。我讀不懂那雙圓圓亮亮黑眼珠裡的訊息。接著，麥麥微微抬頭，看著車頂，身子緊繃。

貝桑將吉普車停在沙丘群邊緣，一行人步行上沙丘。

或許是認出了原鄉，麥麥不安地想掙脫我的懷抱，動作愈來愈激烈。我輕輕將他放在沙丘上，他先靜靜地躺了一會兒，接著便開始朝沙丘群中心奔跑，還不時回頭看我！

但他已經失去了兩隻前腳呀。只見他跑了幾步，隨即向前跌倒，再爬起來，跑個幾步，接著又跌倒，不斷不斷地反覆，隨著一步步奔跑與跌跤，沙丘上揚起了粉塵。或許直到返回沙丘的這一刻，麥麥才真正明白，一切已不同，即便回到沙丘，他不再是以前的自己，不可能再自由奔跑或獨自狩獵。

很快地，麥麥的眼神變了，不再是我懷裡的軟軟小布偶，而是閃爍著獸的野性光芒。

我怕麥麥的傷口因激烈奔跑而惡化，想抱起他。他開始拱起身子，防禦我，作勢咬我，想逃。當我把他抱在懷裡，他激烈掙脫，已非先前溫馴的模樣。我低頭看他，他張嘴喘氣，那雙烏黑大眼裡的訊息仍是零，彷彿小狐的靈魂早已與所有曾存在於天地間的眾獸合而為一，而我懷裡這一團毛茸茸又暖乎乎的身軀是把鑰匙，通向我永遠無法理解的獸的宇宙。

我整顆心揪得緊緊的，摟著他，安撫著，望向截肢小狐再也回不去的沙丘，只覺撒哈拉除了愛，就只有愛。如果神將麥麥的生命帶走，不過是終止因殘缺而受苦的歷程，讓他的靈魂轉入下個階段；如果神讓麥麥繼續陪著我們，是讓我們因他受傷殘缺的身體而得以學習與成長。

麥麥被截肢的傷口已沾滿細沙，我迅速摟緊他，貝桑解下頭巾，撕成細長布條為麥麥包紮，我低聲說：「麥麥回不去沙丘了，而且他真的需要做截肢手術。」麥麥剛好在台灣記者出現前意外來到我們身邊，記者也付了相當優渥的住宿費，我有好幾個朋友甚至願意贊助麥麥醫療費，這肯定是神在告訴我們不用擔心，一切都會有最好的安排，只管將得到的，再給出去。」

麥麥在沙丘上跌跌撞撞的奔跑與不斷跌跤讓貝桑懂了什麼，點點頭。

渴望故鄉與自由

「來跟我玩吧，我如此悲傷⋯⋯」──小王子提議。

「我不能跟你一起玩，我還沒有被馴服。」──狐狸說。

是沙漠讓我慢慢學習另一種「經濟型態」的，久旱逢甘霖，當涓滴水流形成一張流動的資源分享網絡，才能讓網所觸及的生命得以在沙漠存活，單單一株小麥、一棵棕櫚樹、一畝良田或一彎流水，無法形成庇蔭生靈的「綠洲」。

正如家族運作以親屬關係為經緯，將一群擁有相同血脈與婚姻關係的人網在一起，相互協助，分享所有，在艱困環境裡共存。

據說耳廓狐可是結對生活的社會性動物呢，一對父母帶著孩子在占據的領地上生活。

那麥麥呢？究竟來自哪座沙丘？家人還在嗎？若再相見，依然認得出彼此嗎？

⋯

清晨六點不到，天還黑著，麥麥在箱子裡撞來撞去，俐落地跳出箱外，甚而掙脫繃帶，投奔自由的動作激烈得足以把箱底墊被拉出箱子，朝房門與沙丘方向掉落。

一出箱子，麥麥很快就尿尿了，鼻子在地磚上磨來磨去，或許是想掩埋排泄物？可地磚不比沙丘，我擔心他的鼻子磨破，擔心他因清晨冰冷地磚受寒，想抓他回箱子，他馬上逃走，回頭咬我一口，很輕很輕。總覺麥麥只是不想被抓到，一點傷害我的意圖都沒有，警告罷了。

掀開箱子，我愣住了！前一晚給他一小盤生雞胸肉和雞肝全吃光了，空空的水碗被放置在空盤正中央，而這兩樣東西的位置正是他從箱子鑽出來的地方！

懷裡這隻小狐狸好奇妙呀，時而可愛溫馴得像個布偶，卻又曾是能在沙丘獨自生活的小野獸，說他跟人不親，卻又似乎懂得比我們想像中還多。窩在我懷裡是他最穩定放鬆的時刻，總覺他需要溫暖與陪伴。

⋯⋯

白天，麥麥不時逃出箱子，鑽進浴室，我不忍一直關著這頭「小野獸」，便也只是繼續做自己的事，甚至沒關上房門。

或許是被我發出的聲音嚇著，也或許太過渴望自由，麥麥終究往門外衝，我趕緊追了出去！即便帶傷，麥麥動作迅速靈巧，奔跑時的步伐敏捷有力，直直衝向院子角落的帳篷，躲了起來。我放慢速度，壓低身子，小心翼翼朝他走近。

麥麥從帳篷縫鑽出頭來，沒看到我，慢慢地朝牆角走。我快步接近，抬腳輕放，讓步伐幾近無聲。等他發現時，我已離他不遠，將身子壓得更低更低，拉開手上的布，慢慢逼近，縮小他可以逃走的空間，我想這就是「獵人」的感受了。麥麥看著我，略顯害怕，我不再猶豫，迅速抓住，不放！

⋯⋯

不消幾天，麥麥成了逃跑慣犯，熟練得很。

啊，帶傷小狐所有渴望與努力便是頭也不回地奔向原鄉。

《所羅門王的指環》裡一段：「老式的動物園往往把狐狸和狼放在很小的籠子裡，這些動物其實都是特別愛動的。動的慾望受阻，對牠們而言不啻是酷刑，在被關的動物裡面，要數牠們最為可憐了。」[1]

1 康拉德・勞倫茲著，游復熙、季光容譯，《所羅門王的指環：與蟲魚鳥獸親密對話》（台北：天下文化，二〇一九年）。

我不知道需要多大空間才能讓這狐活得舒坦？無論如何，我是不忍心將他關箱了。

麥麥習慣躲在隱密處，我便搬來低矮小鐵桌，上頭蓋塊布，垂墜下來，製造躲藏空間，食物與水放桌下，再讓麥麥穿上胸背帶，繫上牽繩，用小鐵桌腳壓住牽繩，讓他可以自由活動又不至於跑不見。

若麥麥覺得牽繩太短、限制太大，我加長繩索長度便是，給予更大自由，只要我拉拉繩子時還能找回小狐，足矣。

這是先前照顧小鷹時，翅膀告訴我如何留住一隻鷹的方式。

剛開始，麥麥只想躲進床底下，慢慢地，他安靜地趴在小鐵桌前，看著門外，發呆。

照顧麥麥之難，同樣因不願他受苦，是而煞費苦心。

要綑綁他，很容易，一根繩子套在脖子上就夠。但因真心希望他安適自在，以最接近本貌的樣子活著，希望他能慢慢接受我，接受必須與人共同生活的現實，所以需要更多用心及努力。我覺得麥麥是知道的，知道自己的身體狀況，知道我對他的用心，可本性就是讓他日夜只想奔回沙丘。

在生命中偶遇的需要協助的動物們，不過以自身遭遇或肉身疼痛給我們學習「照顧」、「愛」與「責任」的機會罷了。

⋯⋯

深夜，全村再度無預警停電，麥麥頗安分地睡著，偶爾傳來牽繩碰撞桌腳的聲音，讓我知道他依然想脫逃。清晨五點不到，唏唏嗦嗦腳步聲傳來，聲音烙下的路線顯示麥麥已經成功擺脫胸背帶，正四處逛大街呢！

我起身喚他，他知道我發現了，躲進床底下，靜靜地看著。

日出，陽光照進屋裡，我定睛一看，驚異於這小狐的聰明靈巧！麥麥將牽繩纏在桌腳，身子一縮，胸背帶自是掉落，復得自由！再次地，食盤與水碗全空，空碗被移動到食盤正中央且碗口穩穩朝上，至今我依然不明白狐狸如何做到以及為什麼。

•••

不同文化裡，狐狸時常象徵狡猾聰明，衍生豐富的民間故事與傳奇。《聖經》裡，狐狸被用來比喻搗壞智慧葡萄園的壞習慣或誘惑等[2]，抑或假先知與破壞性力量[3]，如狡猾邪惡的希律王被耶穌稱為狐狸[4]。《古蘭經》未特別提及狐狸，但穆斯林禁止食用有獠牙的野獸，狐狸皮即使經過繁複加工與清洗，仍屬汙穢不潔。

多以擬人化動物為主角的《伊索寓言》有數則童話與狐狸相關，形象多為奸詐、懦弱、取巧、愚憨甚至是失敗者，最著名的莫過於吃不到葡萄說葡萄酸。

狐狸在中國傳統裡的意象更是豐富，白龍整理大量古籍後，認為：「在狐的身上，妖性與德性，祥瑞的象徵與食人的恐怖特徵並存，人對狐的定義從它誕生之初就存在著矛盾。」[5]這樣的特質讓狐在中國傳統文學擁有不可替代的地位，並占據志怪故事的半壁江山。漢朝為狐文化萌芽期，最知名的是大禹遇見九尾狐的故事，《聊齋志異》則將狐文化推到前所未有的高度。紀曉嵐《閱微草堂筆記》中的〈狐言〉精準點出狐妖的特質：「人物異類，狐則在人物之間；幽明異路，狐則在幽明之間；仙妖殊途，狐則在仙妖之間。」

自古在日本，包括狐狸在內的自然界生物被視為擁有超越人類的能力。如知名陰陽師安倍晴明的母親被認為是信泰森林裡名為葛葉的狐狸，恰是狐狸血脈讓安倍晴明有了超能力。在人們被自然界生命、諸神、村落史與家族史所包圍的年代，個人生命「被包容在那些事物的整體當中」，不時可聞人們被狐狸捉弄的故

2 「抓住我們的狐狸，那些破壞葡萄樹的小狐狸，因為我們的葡萄樹上有嫩葡萄。」（雅歌 2:15 NKJV）
3 〈以西結書〉：「以色列啊，你的先知就像狐狸在沙漠中。」（13:4）
4 〈路加福音〉13:31-32。
5 白龍，《搜妖記：中國古代妖怪事件簿》（台北：漫遊者文化，二〇二二年）。

事，最知名的當屬肉眼不可見且居住在人類屋舍內的尾先狐[6]。即使是在兒童文學家新美南吉發表於一九三二年的代表作《狐狸阿權》，故事裡的狐狸雖稱不上惡，依然保有調皮、愛惡作劇的性格[7]。黑澤明電影《夢》（一九九〇）第一段〈太陽雨〉則有在日本各地流傳的狐狸娶親故事。

••••

不少傳統巫術使用動物殘肢製作巫藥，古時人們甚至想藉由披上獸皮獲得動物的力量，如獅子、公牛與熊象徵威猛與勇氣，鹿象徵敏捷，鷹象徵視野，而狐狸與雪貂則象徵欺騙、狡詐與賊頭賊腦等[8]。

即便是今日南非，部分巫醫甚至與盜獵者串通，約翰尼斯堡的傳統巫術市場，「攤販販售一條條連著頸項的乾禿鷹頭。據說把禿鷹腦加進香菸吸、或蒸它吸進水蒸氣，就能增強考試運、有千里眼的效用。」[9]

北非突尼西亞斯法克斯（Sfax）的古羅馬遺址裡的馬賽克藝術疑似發現耳廓

狐的形象：耳朵朝前、嘴微張，尾巴長而完整，姿態流露野性與不耐煩[10]。然而斯法克斯靠海，離撒哈拉甚遠，耳廓狐並非古羅馬時期常見的豢養動物之一，出現在此應只為裝飾用。

在撒哈拉，耳廓狐則被使用於護身符。

錢幣、貝殼、彩珠及耳廓狐掌骨等，曾是撒哈拉幼童身上配戴的護身符組成物件，用來抵擋精靈與邪惡之眼的影響。人們對耳廓狐的感受是複雜的，既想追

---

6 內山節著，秦健五譯，《日本人為什麼不再被狐狸騙了》（離城出版社，二〇二三年）。

7 新美南吉著，林真美譯，周見信繪，《狐狸阿權》（新北：步步出版，二〇二一年）。

8 約翰・海恩斯著，尤可欣譯，《星星、雪、火：在阿拉斯加荒野二十五年，人與自然的寂靜對話》（台北：馬可孛羅，二〇二三年）。

9 《別讓世界只剩下動物園》

10 Thirion Jean, *Orphée magicien dans la mosaïque romaine. A propos d'une nouvelle mosaïque d'Orphée découverte dans la région de Sfax*. In: *Mélanges d'archéologie et d'histoire*, tome 67, 1955. pp. 147-177.

捕卻又畏懼。耳廓狐為擅長挖地洞的夜行性動物，與精靈結盟，更能強大地在夜間狩獵，卻也因此與精靈爭奪同個獵場與獵物。耳廓狐耐飢耐渴、敏捷而狡猾的特性深受人們喜愛。長期以來，耳廓狐皮毛被拿來做治療癲癇症患者的驅邪護身符，因癲癇向來被視為是精靈作祟[11]。

耳廓狐掌骨能保護人類幼兒不受邪靈影響？

哈！瞧瞧麥麥被捕獸夾斬斷的前掌，地球上最危險的威脅永遠只會來自於人類吧！

⋯⋯

出太陽時，我便把麥麥和箱子搬出來晒晒。有回恰巧席德走進民宿，我趕緊謝謝他把麥麥帶來，而不是任由被捕獸夾截肢的小狐在沙丘上自生自滅。

席德點點頭，笑了。

我知道他被四哥罵慘了。

四哥當著家族所有人的面辱罵席德不該帶回一隻殘障狐狸，搞得全家雞飛狗跳，還得花錢醫治，萬一被警察知道了，難保不出事。更何況如果真要抓，就該抓幼狐才有用。

辱罵聲之大，從家族老宅後院傳進我耳裡。

呵，小狐從來就我一個人的事，從沒叨擾過誰，更沒讓家族花一毛錢，真不知四哥哪來資格趁機發威。

我打開箱子，想讓席德知道小狐狸活得好好的。

就在這時，傳來一陣小孩笑鬧的聲音，四歲的阿迪、四歲半的哈利、六歲半的絲瑪和五歲的涵涵幾個較年幼的孩子已經衝進民宿大門，見著席德和我站在鐵箱旁，當下明白狐狸就在箱子裡，笑著鬧著衝了過來，好奇地想看狐狸。

11 Champault D. *Un collier d'enfant du Sahara algéro-marocain*. In: *Journal de la Société des Africanistes*, 1956, tome 26. pp.197-209.

還來不及反應，小孩尖叫聲早把麥麥嚇得跳出箱子，在院子裡瘋狂逃竄！孩子們一個個追在狐狸後頭，衝第一的阿迪右手拿著一根棍子，追不到就要用打的；左手早已抓起藍布偶，隨時準備朝麥麥丟過去。

席德大聲喝斥，將所有小孩趕出民宿，麥麥的繃帶早已脫落，一旦在院子奔跑，碎石細沙便跑進了傷口裡。

我拾起阿迪丟在地上的藍布偶，和麥麥未癒合的傷口一樣，上頭沾滿了沙粒粉塵。

我心疼又自責，是我沒照顧好麥麥。

⋯⋯

若要讓麥麥在此安居，勢必得讓大家因麥麥而有所不同。

尤其孩子們常溜進民宿玩，即便我關上大門，穆罕默德與七歲的猶瑟仍不時翻牆進來，小偷似的。偏偏他們對待麥麥的方式特別吵鬧粗暴，總想趁我不注意把麥麥從後頸整個懸空拎起。

接連幾天，我努力地、技巧性地、有意識地照顧麥麥，例如誇張地在孩子面前表演如何幫他換藥、餵食，教他們如何輕輕撫摸甚至溫柔擁抱他。同時也讓大人們看見麥麥之於我，遠非「殘廢無用的畜生」，而是心肝寶貝。

這是我對麥麥的愛吧。

若非為了麥麥，我根本不可能壓抑愛恨分明、暴躁易怒的天性，設法和家族溝通甚或任其予取予求。總有些時刻，我無法守在麥麥身邊，只希望他們能看在我的份上，對麥麥好一點兒。

尋求協助

遊牧民族不識「動物醫院」為何物，我只得向之前服務的人權組織上司慕禾求救。拿到獸醫名單後，足足打了兩天電話，終於找到一位在埃爾拉希迪亞（Errachidia）開業的動物醫生，雖然離梅如卡（Merzouga）少說兩個半小時車程，卻已是最近的動物醫療資源。

電話裡，醫生聽到需要救治的是一隻耳廓狐，沉默了好一會兒，要我傳麥麥傷口照片並靜待回音。

⋯⋯

若麥麥能傷癒，將需要更適合的小窩。

「若用金屬籠關他，就算是暫時的，他就很難把你當朋友了。最好能是木質或編織的。」M一句話，打消我買寵物籠的念頭。

趁著進城，我上木工師傅那兒，想訂做一個窩。

我秀出手機裡的木製狗屋照片，幾經商量，師傅願意試作，可索價極高，我亦無法確定狗屋是適合的形式。正思索著替代方案，眼角看見木製嬰兒床，便請師傅在直式欄杆加上幾條橫桿，好讓縫隙小到麥麥無法鑽出來。

呵，人類真的好矛盾啊，我既想讓麥麥自由，不忍用寵物籠關他，卻又請人把嬰兒床改造得跟監獄似的。

貝桑一看我要買嬰兒床，整張臉比新鮮駱駝大便還臭！

「麥麥是狐狸，不是嬰兒。」沉默中，我聽到他心裡的吶喊。

⋯⋯

又該如何帶麥麥搭公共交通工具，進城就醫呢？

嬰兒揹帶或許可行，但沙漠哪來這等文明產物！我憑藉記憶中沙漠女人用布巾揹小孩的方式，先用軟綿綿的絨布包住麥麥，再裹進棉質長布巾裡，將兩端綁在肩膀上，如此麥麥便穩穩落在我胸口，讓他習慣並信任我，我雙手則可自由活動。

一整晚，麥麥倚著我的胸口，聽著我的心跳，放鬆安適地睡在布巾裡，甚至發出輕微而規律的打呼聲，就連偶爾傳來車輛疾駛而過的聲響都未能吵醒甜睡中的小獸。

午夜，不捨地喚醒他，幫他換藥，在他的木質新床裡鋪上軟軟的絨布，放入一盆特地從沙丘帶回來的乾淨細沙，再擺好食物，闔上地毯。

不一會兒便聽到進食的聲音，一會兒，掀開一看，呵！他竟然窩在沙子上！隔天清晨，我檢查他的小床，發現他尿在絨布，睡在沙上！呃，畢竟是沙丘來的小野獸呀！

不料，拉希迪耶獸醫竟然失聯，我只得再度向慕禾求救，他建議我直接帶麥麥到拉巴特（Rabat），首都有好幾家動物診所，總是有辦法的。

是啊，不能再拖了，這裡除了我，不會有任何人願意每天細細幫麥麥包紮、清洗排泄物並給予溫暖擁抱。更何況，帶著開放性傷口是不可能在艱困沙漠存活的，截肢手術之於麥麥生命延續至關重大。

不可避免地，我與貝桑發生一場激烈爭執！

家族無法了解我為什麼以近乎照顧孩子的方式呵護一隻傷殘小獸？但我經濟獨立，性格強悍，又是能為家族帶來資源的異族女子，這讓我保有一定的決定權與自由。

我開始收拾行李，準備搭夜車。

貝桑反覆叨絮著麥麥不會死，把他放回沙丘不會有事，很多野生動物斷掌截肢還是活得好好的，帶動物進城看醫生實在太瘋狂。如果阿拉要麥麥活下去，他就會活下去，我們做不了什麼。

我強壓下怒氣，告訴他：「世界上本來就有動物醫療和手術，否則拉巴特不會有動物醫院，阿拉一定是要麥麥活下去，才會將麥麥送到我們手裡，要我們帶麥麥就醫。照顧麥麥，醫治麥麥，是在服務阿拉！」

堅決姿態裡，是因「愛」而來的全然投入與義無反顧。

貝桑沉默了，跑去院子靜靜抽菸、晒太陽，許久，進屋說了句：「也幫我收拾行李。」

參・就醫

夜奔首都

「小王子睡著了，我將他摟在懷裡，繼續上路。我很感動，覺得自己帶著一件極其脆弱的寶物，甚至覺得地球上沒有什麼比這更脆弱的了。」

二〇一六年一月七日，我們搭上夜間巴士，好讓麥麥能在拉巴特就醫。我知道動物有多不喜歡搭乘交通工具，打算用布巾將麥麥包在胸前。臨出門，貝桑要我先將麥麥裝紙箱，等上車再抱著。

「妳把一隻耳廓狐當小貝比一樣抱著，會讓旁人看笑話！」

我翻了個白眼，但因擔心司機不肯讓動物上車，答應了。

上了車，貝桑第一句話竟是：「妳確定麥麥不會在車上便便尿尿？萬一太臭，我不保證不會被司機趕下車。」

「不勞您費心，我用絨布裹著，尿也是尿在絨布上，我還帶了好幾條替換。」

周間人少，貝桑很快找了個無人空位，睡他的大頭覺去。

無妨，這是麥麥第一次搭車，我想專心看顧，讓我們獨處很好。

我摟著麥麥，拿出MP3在他耳邊播放mantra。

初始，他極度害怕，不安地在我懷裡動來動去，我只得不斷安撫。

麥麥張開嘴，急速喘氣，我想是車聲、人聲、複雜氣味與沿途顛簸讓他緊張害怕，不時在他的鼻頭上滴幾滴清水，讓他把水舔進肚子裡。直到出了沙漠，經過幾座山頭，夜深了，車上旅客累了，睡了，靜了，麥麥情緒終於較為平穩，而我的右手也已摟著他整整三小時，早麻了。

到了休息站，司機停車，我揹著麥麥跟隨所有乘客下車。剛要走進餐廳取暖，耳邊傳來貝桑聲音：「我只陪妳到下一站，之後妳自己轉車到拉巴特，我累了。」

不等他說完，我俐落地從皮包拿了一筆錢遞給他，「喏，這是你的回程住宿和車資，感謝陪伴。」

貝桑愣了，轉身走回大巴士，賭氣地窩在自己位置上直到抵達拉巴特，沿途沒再用正眼瞧過我和麥麥。

不久，大巴士再度啟動，在亞特拉斯蜿蜒山路疾馳，黑暗寂靜中，我感覺自己摟著麥麥在夜間高空飛行，感覺自己背上有對翅膀，鷹媽媽的翅膀，那是幾年前照顧蔡家雙鷹時慢慢長出來的，用來呵護懷裡生命，飛向更美好的那方。

「麥麥好勇敢也好厲害喔，可以撐到現在！」我低頭對麥麥輕聲說，「不要怕，過幾天，等你手術好了，我們一起回沙漠的家！」

••••

極度幸運，我們提早抵達梅克內斯（Meknes），恰巧趕上開往拉巴特的火車，我生平第一次購買頭等艙，減少來自寧靜沙漠的野生動物搭車之苦。

這一路，我試著從麥麥的耳朵認識世界，只覺有人類活動的地方全都好吵、好大聲、好複雜、好恐怖！火車行進不時發出尖銳的金屬摩擦聲，連人都覺得刺耳難耐，更何況是大耳狐呢！或許人們不得不關閉了許多感官，為了能在自己製造出來的「人的世界」存活，這就叫「習慣」與「適應」。

天未亮，順利抵達拉巴特，廉價旅館尚未營業，清晨風寒，無處可去的我們只好在一家小咖啡館喝茶，待找到棲身處放下行李都八點了。

我趕緊準備帶麥麥出門，貝桑卻躺到床上說累了，隨即將毯子往頭上一蓋。

我很失望，加快收拾包包的速度。

毯子裡傳來貝桑悶悶的聲音：「麥麥是動物，妳確定要像抱著小貝比一樣帶他出門？會被笑的！」

我不答話，揹上背包，用布巾將麥麥綁在胸口，朝醫院奔去。

• • • •

還在沙漠時，我早與慕禾約好九點半在他推薦的醫院門口碰面。

我抱著麥麥，順利攔到計程車，下車時卻發現司機搞錯醫院了。接著是一連串不斷問路人、問司機，原地繞來繞去，竟然沒人聽過這家醫院！難不成慕禾給了我錯誤地址？

終於，一位司機看了一眼地址，點頭要我上車。

從窮鄉僻壤的沙漠到人文薈萃的首都，動物就醫之路何其遙遠！

到了約定地，慕禾已在那兒等著，我趕緊偷偷拭去眼淚，朝著他笑。

慕禾領我走進校園，我才知他帶我來的是大學獸醫系附設動物醫療中心，這個國家機構教育並訓練摩洛哥所有獸醫，待會兒幫麥麥看診的將是教授級醫生，並由獸醫系學生從旁協助。

「摩洛哥獸醫最常處理的是牛和羊，對貓狗等寵物醫治並不普遍，更不用說是特殊野生動物。」慕禾說，「帶麥麥來這兒，才能獲得最妥當的治療。」

慕禾幫我向櫃檯解釋情況，協助掛號登記，陪我候診。直到實習醫生出現並幫麥麥量體重、準備打麻藥，他才瀟灑地揮手離去。

疲憊飢餓襲來，我有些昏眩，獨自在候診室等待。一位身穿白袍，手拿厚厚資料，貌似教授的老先生一知我帶了耳廓狐來看診，激動地說：「耳廓狐攻擊性很強，要先打狂犬病預防針才能進來！」我點點頭。

呵，沙漠上哪兒打預防針？更何況地表上攻擊性最強、最具摧毀力的動物，是人類吧！

陸續有飼主帶著貓狗前來看診，我感受到好多愛，對動物的愛、呵護與疼惜，只覺得回到了我喜歡並習慣的「文明世界」，不用聲嘶力竭、反反覆覆對同一群人解釋為什麼動物生命值得尊重、值得被醫療，見到醫生以我熟悉的方式醫治麥麥，我感到放鬆與安心。第一次，我萌生了不回「野蠻沙漠」的念。

••••

醫療中心寬敞明亮，在實習醫生帶領下，我抱著麥麥走進一間診療室，裡頭幾位身穿白袍的年輕人看似獸醫系學生，一看到外國臉孔有些好奇，接著看到我懷裡的狐狸，眼睛亮了起來，暗自壓抑著嘴角笑意。

麥麥量過體重、打上麻藥，很快在手術台上昏睡過去。一位教授醫生走了進來，細心地對圍在手術台旁的學生們解釋麥麥的傷口與處理方式，包括麻醉、消毒、清創、截肢並縫合傷口等過程，學生們頻頻點頭。

我在旁聽得入迷，腦中飛快想像麥麥如何隨著這套醫療程序逐漸痊癒，愈聽教授解釋，愈樂觀開心！

實習醫生打斷我的想像，請我到候診室等待通知。

我點點頭，走回候診室，在椅子上坐了一會兒，隨即走入校園散心，舒緩心中焦慮。

大學校園潔淨寬闊，草木扶疏，散落幾棟白色建築，處處可見翠綠草地與漫步其上的白鷺鷥，三三兩兩的大學生捧著書在路上走，這等「高等教育」的氛圍不見於沙漠，我多少遺憾貝桑與家族無緣見識這群為延續動物生命而勤奮工作的專業人士。

忽地，我聽見馬嗚，轉頭一看，兩匹健美壯碩且全身皮毛閃閃發亮的駿馬正從貨車上慢慢下來，一位男子牽著韁繩，在前頭領著，或許是來進行健康檢查的吧。阿拉伯駿馬的培育與照護在摩洛哥擁有悠遠歷史，王室更是愛護駿馬出了名，就連在校園，都擔得起「馬的王國」（Royaume du cheval）盛名。

一個多小時後，麥麥手術結束，實習醫生要我去領，我忐忑不安地跟在他身後，深怕躺在手術台上的是一具冰冷的狐狸屍體。

走進診間，麥麥竟已清醒，正努力使用手術後的前肢把自己撐起來。

天哪，我好高興這狐狸還會動！

⋯⋯

櫃檯前，醫生解釋麥麥的術後照顧，交代要餵他吃抗生素、換藥，兩周即可痊癒，得知我們從沙漠來，搖頭說可以不用回診，傷口縫線會自行掉落。接著脫口而出：「這可是第一隻走進我們醫療中心的耳廓狐。」

如果麥麥是第一隻，表示之前所有因捕獸夾而受傷的全都……

飢餓、疲憊、昏眩中，我捧著手術後的麥麥朝門口走去，剛轉身便看見適才那位大呼小叫的教授朝著我說：「記得帶他打狂犬病預防針，小心不要被咬。」雖是相同話語，慈祥笑容已取代驚恐失措。

走在風光明媚的綠色校園，我深感城鄉差距與資源分配不均如此層層面面，從沙漠到首都的醫療路途上，艱辛險阻的關鍵其實是「人」，無論集體意識、對待動物的態度、醫療系統的建立或是資訊網絡。

••••

回到旅館，貝桑睡眼惺忪開了門。我沉默地走進房內，麥麥明顯比手術前不安，不時想掙脫我的懷抱，我只擔心他傷口再度裂開。

又累又餓的我才請貝桑出門買餐和繃帶藥物，一低頭赫然發現，麥麥手術後剛包的繃帶全掉了下來！哈，醫生的包紮技巧還不如我，難道他不知道動物最厲害的就是掙脫身上所有人為束縛嘛。

這也讓我看到術後狀況。醫生將麥麥前肢截短了不少，切齊被捕獸夾截得破碎的骨頭，剃去雙腳上的毛，露出白淨皮膚，再將皮往下拉，包裹斷骨，最後以粗黑的線縫合傷口。白淨皮膚因碘酒而染上點點褐黃色，粗黑縫線終結了傷痛與在沙丘自由奔跑的過往，開啟劫後餘生的未來。

⋯⋯

我摟著麥麥，躺在床上半夢半醒，只要他想掙脫，我馬上技巧性地摟緊他，不讓他逃跑且不弄疼傷口。

許久，貝桑返回，竟然什麼都沒買給我，手上倒多了把黑色塑膠玩具槍。

「剛好是祈禱時間，藥局全關門了。」

「這玩具槍呢？」

「出門前阿迪要我買給他，我答應了。」

我深吸一口氣，吸得滿滿的，飽飽的，閉上眼，緩緩吐出，硬是壓下胸中怒氣。

等待讓時間漫長難熬，麥麥極度不安，老想往外衝，或許麻醉藥正在退去，讓他特別不舒服，搞得我精神緊繃，累到虛脫，還得不停更換姿勢摟著他。

終於，清真寺喚拜聲響起，貝桑再度出門，又過了好久好久才帶著繃帶與優碘回來，卻忘了買剪刀！只好再次出門。等他購齊所有物件，早過了晚餐時間。

我重新包紮麥麥的傷口，用布巾將他裹在我胸口，整晚捧著，因為這是唯一可以讓他安靜放鬆的方式，只有洗澡時不得不託貝桑幫我抱著他。連貝桑都發現了，麥麥雖然靜靜窩在他身邊，兩眼卻直盯著我，注意我的動態，需要知道我人在哪裡。難以形容狐狸那眼神，有點無辜，有點純真，有點懂事，有點依賴，又彷彿想隱藏什麼。

雖然不確定麥麥是否願意進食，我仍然準備了生雞胸肉，用手撕成條狀，放在他嘴前，他馬上激動地張嘴舔了舔，卻不吃，不確定是因為不想從我手上接過食物還是真的不想吃。根據之前經驗，只要他張嘴舔食物就表示有食慾，無奈我們現在住旅館，不方便弄個小窩讓他躲起來進食，我決定多試幾次。很快地，他迅速咬住我手上的生雞肉條，足足吃了半塊雞胸肉之多。抗生素也開心舔光了，還喝了點水。

只要願意進食，應該就能活下來。

晚上睡覺，問題來了，麥麥不能離開我身邊。萬一他不見了或亂跑受傷怎麼辦？想了想，我決定冒個險，先讓他穿上胸背帶，繫上牽繩，萬一他半夜脫逃，我可以沿著繩子找回他，接著用布巾好好將他裹在我胸口，再抱著他一起窩進棉被。

燈一關，很快地，我們全睡著了。黑暗中，麥麥三度醒來，試圖脫逃，但只要他一有動靜，即便睡眼矇矓，黑暗中什麼都看不到，我就是能在他有進一步行動之前阻止他，技巧性地不碰到他的傷口，將他塞進被窩裡安撫他。

清晨陽光中，我睜開眼，麥麥不僅乖乖窩在我懷裡睡覺，甚至放鬆地將下巴靠在我的胳肢窩，呵，這可是我生平第一次和小狐狸同床共枕哩！

離開沙漠以來，我幾乎時時刻刻捧著麥麥，因為這是最能夠讓他安靜放鬆，好好療傷養病的方式。還好他也不抗拒，否則我根本無法將他從沙漠安全地帶來首都看病。

我如何找到這方式呢？

打從命運將麥麥送到我手上，意外擁他入懷那刻起，我便無比用心地對待他，愛他，善待他，觀察他，思考、嘗試並尋找讓他最舒服自在的方式。我的用心，相信他是明白的，也因此改變了對我的態度，比較不那麼抗拒掙扎，我才有可能帶他搭乘巴士，橫越沙漠荒地與高山峻嶺，進人文薈萃的首都醫院就診哪！

在城裡休養

「你得永遠對你所馴服之物負責。你對你的玫瑰有責任。」

麥麥手術後隔天上午，我準備出門吃早餐，不放心留麥麥在旅館，便將他包在胸口，再拿條布巾包自己頭上，垂下來的部分自然遮住麥麥，讓狐狸與紛擾世界兩不相見。

小小餅鋪裡，客人三三兩兩，我坐下來，點了愛吃的煎餅（msemen）。這家手藝永遠這麼好，煎餅外酥內嫩，配上薄荷甜茶，便是最家常的庶民享受。撕碎煎餅，一片片放入口中，我小心翼翼觀察麥麥動靜。不一會兒，他在我懷裡動了動，露出兩隻美麗的大耳朵，引起對面年輕男子的好奇，我以法語說了麥麥的故事，年輕男子給了我一個理解的眼神。忽地，店裡所有人全圍了過來，你一言我一語地討論起來，年輕男子比手畫腳，以摩洛哥話活靈活現地描述麥麥如何被電車撞傷，聽得我哭笑不得。

眾人不約而同發出同情的嘆息，愛憐地看著麥麥，連原本臭著臉煎餅的大嬸也綻放一朵母性的笑，溫柔地說麥麥好可愛！呵，電車就電車吧，無論麥麥受傷的真正原因為何，都已不再重要。

摩洛哥店家對動物的接受度相對是高的，心平氣和與動物共存。

在旅館櫃檯登記時，我表明自己隨身帶了一隻耳廓狐，櫃檯先生連頭都不抬，不以為意地揮揮手，歡迎我們入住。

為了讓麥麥傷口盡快痊癒，我無時無刻不當個盡責的袋鼠媽媽，不管做什麼、上哪兒，都把麥麥揹在胸口。相處與互動中，人狐慢慢建立默契與一定的信任，愈來愈習慣彼此。

或許是受傷，也或許是吃了抗生素，麥麥完全以胎兒在母親子宮的姿態，靜靜窩在我胸口，聽著我的心跳聲休息，我當這是他從「沙丘小野獸」過渡到「人類動物小孩」必要的「重生」過程。

忽想起，麥麥一離開沙漠便不再尿尿，雖減少了困擾，但這不正常呀！和貝桑出門散步前，我認真地對懷裡的麥麥說，如果他想便便或尿尿都沒關係，我帶了好幾條絨布可以替換，旅館房間還有洗手台，清洗很方便的。

舊城區巷弄狹窄細長，熱鬧商區摩肩擦踵，寸步難行。阿拉伯香料、煎盤上滋滋作響的碎肉、懸掛在店門口的手工皮革味兒輪番撲鼻，為了招攬客人，店家莫不將音樂放到最大聲，一間店一種曲風。我擔心與行人無法避免的碰撞與擁擠感壓迫麥麥，混雜氣味與震天響的音樂驚擾了他，用手臂緊緊護著。低頭一看，哎，這狐睡得可香甜。

走了好一段路，忽然，麥麥不安地試圖掙脫，把絨布和布巾都弄亂了，我拋下貝桑，轉身帶麥麥衝回旅館，拆開絨布一看，呼……屁股溼溼的，絨布也有點滓，麥麥尿尿了！

我換上乾淨布巾，再次帶他出門。一整晚他連動都沒動一下，安穩舒適地窩在我懷裡休息，即便市集人聲吵雜，氣味繁多，都不影響他酣然入睡。

從「作勢攻擊的受傷小獸」到此時在我懷裡溫馴放鬆的狀態，這轉變多麼不易！

朋友建議讓麥麥穿嬰兒襪，以減輕因截肢而來的行動不便或身體不適。沙漠可購得的商品少且質差，我趕緊趁機買了雙嬰兒襪讓麥麥試穿，幸好他接受了，我也較安心。

無論是剛被捕獸夾斬斷的碎骨或手術後的整齊傷口，我總不忍直視，太殘忍、太血腥，卻是麥麥最真實的遭遇與傷痛。手術後幫麥麥上藥，看著他被處理得極為乾淨漂亮的傷口，心裡永遠只有「天哪！好痛！」，也只有這時才突然意識到，麥麥其實是隻「失足小狐」，才真正明白他失去了什麼，被剝奪了什麼。

或許是傷口在消毒、清創、截肢與縫合後，因去除壞死組織，成了「新的傷口」，會痛，幫麥麥換藥時，他的反應比手術前大，想躲，數度忍不住張嘴作勢輕咬，卻依然控制力道，不傷我，倒是兩隻後腳不時踹呀踹地，像個傷口被弄疼的憤怒小孩。

⋯⋯

我特地跑去中央市集買了隻鵪鶉，網路上說耳廓狐吃鳥和鳥蛋，我想鵪鶉算是小型的雞、大型的鳥，麥麥應該可以接受吧？

拿著鵪鶉在流理台清洗，麥麥一聞到味道，興奮地從布巾探出頭來，伸長脖子一直聞，開始舔嘴。我用手將鵪鶉肉一塊塊撕下來餵他，他吃得可開心呢！直到整隻鵪鶉都進了肚子還一臉意猶未盡。

⋯⋯

過兩天，我帶著麥麥出門買披薩，服務生見到布巾裡露出一顆精緻可愛的小小狐狸頭，驚喜地從椅子上跳了起來！帶著一朵大大的笑，直說麥麥好漂亮，無法將視線從麥麥身上移開，先是用手撫摸他的頭，接著竟靠過來想親吻麥麥。

麥麥瞬間被激怒，張嘴作勢要咬，嚇了服務生一大跳。

我說：「小心！他可是野生動物！」服務生自此對麥麥敬畏三分，只敢隔著距離友善招手。

返回旅館，麥麥一躲到角落就開始舔毛、梳理自己，甚至打起哈欠，還用後腳搔耳朵。呵，出現正常狐狸的行為了，應是身體狀況逐漸好轉吧。

••••

不愧是沙漠夜行性動物，麥麥白天乖乖窩在我懷裡休息，一入夜不時從被窩裡竄出來，動作往往既有力又具突發性，有時只是躁動，有時則想躲在床底下如廁，畢竟動物很愛乾淨，怎也不想在窩裡排泄。我會幫他穿上胸背帶，繫上牽繩。但有時他只是想躲在床底下，我還是幫他穿胸背帶、繫牽繩、坐在床邊觀察。

我因為麥麥的「夜行性行為」而睡眠減少，疲憊不堪，不時被他的暴衝驚醒，手直覺地攬著他，不讓他跳脫，而且阻止他脫逃的動作需要一定的技術性才不會碰到傷口。然而，麥麥的繃帶總因暴衝而掉落，一個晚上，更換繃帶，擦碘、包紮、穿襪襪的動作反覆做著，麥麥也乖乖讓我處理傷肢。

天一亮，麥麥開始安靜下來，我依然不能留他獨自在床上，否則他還是會想躲在床底下，只得繼續當袋鼠媽媽，無時無刻摟著。

麥麥不時以真切行為提醒我，他是野生動物，即便此時因傷而不得不溫馴，甚至因截肢再也無法回野外生活，內底的他，永遠是野的，不馴，永遠與自然規律緊緊相扣，呼應著沙漠而律動。

「愛」和「與人的關係」的道理也類似吧。我們總不自覺對他人有所「期望」，認為對方理應做某些事、有什麼感觸，來滿足自己的需求與想望，「失望」往往隨之伴生。然而，每個人無不是獨立完整的個體，沒有誰活著應該滿足誰呀！麥麥不時「反抗」、「暴衝」與「無法預期的野性行為」，恰恰提醒了我該放下不自覺的想像與既定偏見，試著站在更接近「零」的那一端，才能看見更真實且不為自己所見的什麼。如此，更深刻、有力、溫柔、廣大甚至無條件的「愛」，才有可能發生。

我不是麥麥的「主人」，只是一個有幸與他偶遇的人類，因他而有機會學習「愛」、「照顧」與「責任」，這是神派遣麥麥捎來的禮物。

⋯⋯

麥麥傷口逐漸癒合，活動力也愈來愈強，愈來愈難掌控。

貝桑說麥麥雖然氣色不錯，眼裡總有一抹憂傷。

「麥麥思念沙漠。」他說。

返回沙漠

「我總喜歡沙漠。坐在沙丘上，
什麼都看不到，什麼都聽不見，
卻有著什麼在寂靜裡發光著……」

在城裡待了一周，該往沙漠走了。

整理行李時，我告訴麥麥，我們要搭車到一個叫菲斯（Fes）的地方，在那兒過夜，雖然是陌生之地，而且旅程很吵、很多聲音，但不要怕，我在，很快就會帶他回熟悉的撒哈拉囉！

從拉巴特搭了將近三小時火車，抵達菲斯，買了回沙漠的夜間巴士車票，接著搭計程車前往舊城區尋找廉價旅館。

揹著沉重背包，我與貝桑走進一間離城門最近的民宿。

推開雕著繁複細密花紋的厚重木門，首先映入眼簾的是鋪滿地面的馬賽克手工瓷磚，高聳石膏柱顯示著往昔輝煌，最上層的雪松木雕渾厚典雅，啊，這是一座安達魯西亞庭院呀。阿拉伯焚香撲鼻而來。抬頭環視，一樓是餐廳與辦公室，二樓與三樓是客房與迴廊。哎，我怎忘了，藏在舊城區裡的住宿空間，往往是由舊時豪宅改建且以外國觀光客為服務對象。

一位優雅女士走過來詢問來意，雖知住不起，好面子的貝桑仍問了住宿費，接著點點頭，表示我們想先去別家看看。

業者見多識廣，以笑容淡化眼裡的鄙夷。

趁這空檔，我趕緊將躁動的麥麥放在中庭精緻的馬賽克桌子上，解開布巾，重新包裹。

一對義大利夫婦被麥麥那雙大耳朵吸引了過來，好奇地問：「這是什麼動物？好可愛！」麥麥的遭遇聽得夫婦倆一臉疼惜，請我們一定要留著麥麥，就連那位女士的表情都多了幾分溫柔。

終於包好麥麥，一抬頭，貝桑不見了。不知何時，他拋下我，獨自在門口抽菸，直說自己累了，路上行人和旅館所有人看到我像揹著孩子一樣帶著麥麥，全在恥笑我們。

再一次，我看到貝桑內在陷落的那一塊：活在想像的他人目光中，因而恐懼慌亂。

⋯⋯

溼冷陰雨中，麥麥、我和貝桑再度搭上夜間巴士，或許是有了經驗，也或許已習慣與人生活，麥麥遠比進城時安靜沉穩，溫馴乖巧窩在我懷裡，暖暖甜甜睡著。

天未亮，我們平安抵達家門。

一進屋，貝桑便要我將麥麥放回嬰兒床，說裡頭已擺著一盤特地從沙丘扛回來的乾淨沙子。

我低頭看了一下依然在我懷裡安睡的麥麥，不捨。

貝桑堅持要麥麥回自己的床，說：「麥麥和我一樣，都是沙漠來的，在城裡待了很久，他需要知道自己回到沙漠了。」

一放麥麥進嬰兒床，他隨即窩在那盤沙上尿尿，用鼻子撥沙，掩埋排泄物，再甩掉沾在臉上的細沙，爾後便一直窩在沙上，不肯離開。

看來得擴大沙子範圍了。

••••

耳廓狐對細沙與沙丘的眷戀，讓沙漠人將兩者做緊密連結。

早年撒哈拉童戲裡一款名為「我躺下了」的玩法近似躲迷藏。當鬼的孩子跪在地上，頭靠沙堆，說「我躺下了」，隨即起身尋找躲起來的其他孩子，一旦哪個人被找到便輪他當鬼。尋找過程中，躲起來的小孩會嘗試觸碰那堆沙丘，摸到就贏了。法國學者貝林．保羅（Bellin Paul）認為，成長中的小孩逐漸脫離有母親保護的女性世界，卻又需要避風港，在這個擬態遊戲裡，沙堆象徵不可侵犯的避風港，孩子們模仿耳廓狐動作，就像回到母親安全的懷抱[1]。

這遊戲可說精準細膩地呈現耳廓狐與沙丘的關係。

耳廓狐天生喜歡沙子，以開闊沙地或由植物固定的沙丘為棲地，並往沙裡挖洞做為狐窩，地底通道可長達好幾十公尺。狐狸家族妥妥地由沙丘群保護，那是大地之母的擁抱。

我的麥麥只要一踏上有細沙的地方，即便只是嬰兒床裡小小一隅，隨即安適自在地趴著，彷彿返回蓋亞懷裡。

••••

對沙丘的愛戀，或許同樣是我與麥麥的交集吧。

生平第一次走入撒哈拉，恰是歷經人生最艱難階段後的休養期。

當我步步踩著柔軟細沙，艱難爬上壯闊沙丘頂端，放眼望去，沙丘群如海浪般波瀾起伏，朝天地盡頭連綿而去。籠罩在夕陽餘暉下，只覺自己是歷盡千辛終得回返蓋亞懷裡的遊子，卻又覺當神創造這片荒漠，自己在旁目睹且不曾離去。

相傳梅如卡村落旁的沙丘群受過神的祝福，具有神奇療效。

回撒哈拉定居以來，幾經與貝桑、與家族、與大飯店業者起衝突，抑或無法降伏己心，只要踏上沙丘群，感受來自蓋亞的穩穩支撐，觀照光影在沙丘上幻化出萬千世界，風瞬間改變沙丘稜線，明白世間有為法不過夢幻泡影，寧靜便也回到心中。

---

1 Bellin Paul, *L'enfant saharien à travers ses jeux*. In: *Journal de la Société des Africanistes*, 1963, tome 33, fascicule 1. pp. 47.

瑰麗壯闊的沙丘群，閃著淡金、橘紅或金黃色彩，成了家家戶戶賴以為生的觀光資產。在此同時，豪華大飯店游泳池取走沙丘群裡的珍貴儲水，讓綠洲無水可灌溉，沙灘車在沙丘上橫衝直撞，揚起粉塵，製造噪音，驚擾生靈。

若豔麗絕美沙丘群是人類與耳廓狐共同的愛，「過客」性質相對濃厚的人類，真該留給真正「原住民」的小狐狸一丁點兒寧靜空間。

肆・造屋安居

託付給孩子們

「我的花是短暫的，只有四根刺來抵抗世界、保護自己，而我卻把她獨自留在家裡！」──小王子喃喃自語。

年初，我與貝桑必須遠行兩周，前往城市帶團，想委託看似老實負責且和我最親的穆罕默德照顧麥麥，可席德自告奮勇，我想著是他將麥麥帶進我的生命裡，點頭答允。

席德天生喜歡沙漠和動物，與人向來疏離，說話時總低垂著頭，在他的害羞沉默裡，我看到更多的是缺乏自信與被愛的不夠。

我與家族在「野生動物照護」的歧異極大，雖不認同他們將麥麥視為「無用野畜」，卻也明白在物資不豐的環境，如駱駝與羊群這等能帶來經濟效益的物種才值得關注，單純「寵物」幾乎不存於傳統文化內，更不用說耗費金錢、時間與心力照顧受傷的野生動物。

達爾文曾說：「人類身上有種種高貴特質：擴及卑下者的惻隱之心，不限於同胞而能照顧弱勢生物的善意，足以解析太陽系天體構成和運動、媲美上帝的智力。即便如此，人類的肉體依舊留有低微出身的痕跡，那是難以磨滅的印記。」[1]

人之所以異於「禽獸」，不正在於除了生存本能與天性，尚有一份願意改變、提升自己並為他者付出的「惻隱之心」？即便帶著晦暗陰沉面，總可選擇向著光，在一次次行動之中。

或許，照顧麥麥的過程可以讓孩子們有所不同，甚而改變身邊的大人。希望是在的，那就給改變一個機會吧。

⋯⋯

晚上，我要席德與穆罕默德來民宿，猶瑟趁機跟了過來，堂哥卜拉辛與三哥見孩子們在我這兒，也進民宿看看，接著連二嫂（席德與猶瑟的媽媽）也來關心，直說麥麥好可愛、好漂亮，誇我把麥麥照顧得好，還說麥麥遇到我真的很幸運。

我說，之於我，天地萬物都是神的創造，包括麥麥，而且是神把麥麥送到我懷裡，那天我明明在廚房喝咖啡，大門都沒踏出一步，席德就把我帶向麥麥，因為神要麥麥活下去，我們只是幫個忙，照顧麥麥，是服務於神。

所有人猛點頭，連孩子們都靜靜聽著。

我把麥麥像嬰兒般地摟在懷裡，當著幾個大人的面，誠懇認真地問三個孩

1 《忘了自己是動物的人類》

子：「喜不喜歡動物？」

「喜歡不咬人的動物。」

「想不想和我們一起工作？」

「想！」

「我是個很認真嚴肅的人，一旦要跟我一起工作，就要很認真嚴謹。」

男孩們回我渴望當英雄的笑。

「野生動物本來就怕人，況且麥麥受傷，我花了很多時間，很努力，才讓麥麥信任我，但我偶爾不在家，需要有人幫我照顧麥麥，我將麥麥交託給你們，請不要讓我失望。」

三個男孩奮力地點頭。

我對麥麥說：「這是席德，我不在的時候，他會好好照顧你哦！」接著把麥麥放到席德懷裡，席德笑得溫柔又害羞，穆罕默德樂不可支地看著。

我再將麥麥放到穆罕默德懷裡，對麥麥說：「這是穆罕默德，我不在的時候，他會好好照顧你哦！」這下換穆罕默德一臉害羞，努力裝作不在乎，好維護自己的男性氣概。

我也向麥麥介紹猶瑟，讓猶瑟抱抱麥麥，怎知原本乖巧溫馴的麥麥一到猶瑟懷裡，竟然想逃！

最後，我再次對孩子們說明如何照顧麥麥，包括食物與水的準備，以及沙子的清理，每天要讓麥麥出來透氣，但房門絕對要關上，絕勿大聲喧譁等。家族幾個較小的孩子還需要多學學如何和動物相處，時常製造太多噪音，動作又太粗暴，他們幾個大的可得保護好麥麥。

「尤其是阿迪，時常想追著麥麥跑，追不到就用棍子打，拿石頭砸。」席德抱怨，轉頭對穆罕默德說：「叫你媽管管阿迪啦。」

「不可能啦，誰叫阿迪最小。」穆罕默德笑得無奈，「我媽還說，人和動物本來就不一樣，艾伊夏就是自己生不出來，沒小孩又錢太多，才會把狐狸當兒子養。」

⋯⋯

待孩子們離去，我抱著麥麥回民宿沙龍，或許大人們漸漸習慣我將麥麥當嬰兒一樣抱著，卜拉辛也想抱，麥麥竟也好乖地任他抱。

不一會兒，三哥接了過去，像抱兒子一樣地摟到院子散步。見晚餐有水煮雞肉，問我麥麥吃不吃？我說麥麥只吃生肉，哪知三哥一餵，麥麥竟然吃了！呵，這小狐似乎非常接受性格單純樸實且沒心機的三哥，一個心地善良，頭腦簡單到了甚至讓人覺得不太聰明的遊牧民族。

麥麥進家門剛好滿一個月了，從家族與麥麥的互動，不管是家族對待麥麥的態度與方式，或是麥麥對人的信任，有些改變確實發生了。

⋯⋯

隔天早上八點不到，門外傳來小孩聊天聲，走出去一看，席德、穆罕默德和猶瑟竟然搬了椅子坐在院子聊天、晒太陽！貝桑趕他們回家，民宿是營業場所，不是讓小孩來玩的，他們失望地把椅子搬回沙龍，跑了。

不一會兒，穆罕默德和猶瑟又回民宿遊蕩，原來他們一大早就迫不及待跑來想照顧麥麥！

傍晚，我再度教穆罕默德和猶瑟如何幫麥麥換藥，麥麥右腳傷口已完全癒合，左腳傷口帶點膿，幸好不礙事。換藥時，我示範先用棉花棒將膿清乾淨，再用優碘塗抹傷口並上藥，做最後的包紮。

「麥麥很怕人，所以剛抱起他的時候，他會害怕地發抖。」我將穆罕默德的手放在麥麥身上，讓他感受麥麥的顫抖。

平時堪稱破壞王的猶瑟絕對有顆柔軟細緻的心，當他看到麥麥的截肢與傷口，在旁邊痛得嘶嘶叫，別過頭去！

⁝

將傷未癒的麥麥交給一群對待動物的方式與我大不同的人手上，我相當不安，很怕原以為的暫離卻是永別，更擔心麥麥受苦。

但我總是得外出工作掙錢，能做的，我都做了，當著家族大人小孩的面，該說的，我全說了。即使有誰不理解，虧待了麥麥，總是會有人提醒的吧。或許我可以相信他們純樸臉上笑容裡的善意，也該放手，將一切交託給神，相信返家時，麥麥依然健康活潑地等著我。

狐窩誕生於孩子之手

「是你在你的玫瑰身上花費的時間，讓玫瑰變得如此重要。」

時序進入二月，天寒。

麥麥逐漸傷癒，左前腳稍微有點肉，細細柔柔的毛也慢慢長了出來，可右前腳因包裹骨頭的肉不夠厚，容易磨傷，我為他穿上嬰兒襪保護。

麥麥愈來愈不安分，只想回沙丘生活，我們不忍心關他，鋪在嬰兒床最上頭的毯子永遠只蓋一丁點兒。床裡放了裝滿厚厚一層沙的紙箱，約占小床三分之一，麥麥竟然自己把沙子從紙箱撥出來，鋪滿整張床！這不打緊，他還會自己從小床跳出來散步，再跳回去。

嬰兒床從來只是權宜之計，既然傷癒，該怎麼打點更好的麥麥住所呢？

我和貝桑都不願見到野生小狐日夜被關在屋裡，商量著要在民宿哪個角落蓋狐窩，卻無法達到共識。

家族認為動物本來就應該住屋外，提議蓋在民宿圍牆外，馬上被我否決。之於家族，麥麥是野畜，之於我，麥麥是家人，哪有離開我的保護的道理。更何況外頭人來人往，我可不希望麥麥被村人當成奇珍異獸地圍觀。

最終由我拍板定案，就蓋在民宿圍牆裡麥麥最愛的那個角落。

我們的民宿蓋在貝爸土地上，就在家族老宅旁，以土夯圍牆圈出屬於我與貝桑的空間，除了幾間客房與庭院，也在空地搭了兩座帳篷。帳篷後方離客房最遠的角落就是麥麥最喜歡的地方。野生小狐窩在這兒時不易被發現，還可眼觀四處，耳聽八方，隨時掌握周遭動靜。

我尊重麥麥天性，更希望他開心，在那角落鋪了一層細沙，麥麥發現後，一獲得自由便往那兒窩，即便我在附近盯著他看，依然睡得香甜又安穩。

我想，整間民宿沒有哪裡比這兒更適合建造麥狐窩了。

⋯⋯

四哥很快找來工人。空地明明大得很，他卻只畫了不到半張嬰兒床的區塊，我搖頭。

「村裡養狐狸的人就給這麼大的空間。」

「我不是村裡的人，我是台灣人。」

在工人面前，你來我往吵半天，麥麥的居住空間變大了。

接著，四哥指示工人蓋個近乎密閉式的小土窯，頂多只在上頭留個透氣小洞，再度被我悍然否決：「這太像監獄了。許久前的摩洛哥蘇丹穆萊・伊斯梅爾（Mulay Ismail）在梅克內斯蓋了很類似的地牢，用來關被抓來當苦力的奴隸。我不要我的狐狸被關在監獄裡，麥麥是沙漠來的，需要看見藍天白雲，感受陽光和風。」

四哥扁了扁嘴，認為狐窩太大會影響民宿裝潢，不好看。

我說，每個來民宿的台灣人全都非常喜歡麥麥。我們用心照顧，觀光客很感動，以後就會再來，我們才有收入。要是把麥麥的家搞得和監獄一樣，關啥囚犯似的，觀光客不生氣才怪。

四哥知道無法撼動我這個瘋婆娘的意志，轉身離去，留我獨自面對工人與麥狐窩工程。

⋯⋯

遊牧民族出身的工人平時在村裡打零工，專幹苦力活兒，我們語言不通，只能比手畫腳。

我指定以土磚、蘆葦和木頭建造麥狐窩，盡量讓麥麥有回歸自然的感覺。

好一陣子後，工人恍然大悟，原來是要蓋給一隻狐狸住的啊。他愣了，眼裡閃過一絲詫異，隨即藏起所有情緒，點頭。

我請他沿著我在地上畫的線築兩道矮牆，隔出麥狐窩範圍，僅在最裡邊角落築一個有屋頂、有出入口、能讓狐狸在裡頭自由轉身的小房間。如此一來，麥麥享有專屬的寬廣空間，若不願被干擾，還有小房間可以躲。

在沙漠，男人工作時女人不方便在旁觀看，我任由工人忙，直到傍晚貝桑付了工資，工人離去，我才出來看成果。

可惡！無論如何解釋我想要的麥狐窩樣式，工人依舊蓋了個不見天日的密閉式迷你建物，空間大小僅容麥麥站立，連轉身都難，一旦麥麥被關進去，別說能否暢快呼吸，就連放飯和清理排泄物都成了不可能的任務。而這一切就為了防止小野狐跑出去。

我憤怒地拿起大石頭將土夯監獄一把砸爛！

穆罕默德將一切看在眼裡，隔天早上和席德與猶瑟來民宿，說：「工人蓋的東西不對。」

我靈機一動，問：「你們有辦法給麥麥蓋更好的房子嗎？」

三個男孩熱情積極地點頭！

我說：「好！那就交給你們了！」

不愧是從小一起長大的堂兄弟兼玩伴，三個男孩兒以近乎接力的方式，從屋外搬來土磚與土壤，熟練地疊磚、均勻混合土壤與水，同心協力工作了起來。

我們請另一位年長工人來幫忙，他一看到孩子們搬磚給麥麥造屋，笑得慈祥，主動教孩子們如何做得更好。

「未成年三人組」可專業了，一個搬土、挑水，兩個堆疊土磚、以黏土細細封合土磚間每個縫隙、抹平土牆，默契極佳地為麥麥打造「自然綠建築」。原來平時工人工作，孩子一旁玩耍，其實是在觀察與學習啊！

對孩子們來說，為狐獴窩是榮耀而非苦差事，個個沉浸在親族協力創造的快樂與成就感裡，創作動機與歡愉帶來的力量遠大過為賺錢討生活而勞動的工人啊！

下午，穆罕默德與猶瑟揹起書包去上學，留下席德獨力完成，他甚至用土磚為麥狐窩做些裝飾，遠比工人還用心，讓我深深佩服家族孩子們的自發創造力以及與土地的親密關係。

沙漠生長的孩子以最貼近沙漠脈動的方式在沙漠生活，席德知道怎麼設陷阱、捕捉野物，就像他知道如何以土為狐造窩。

美國詩人海恩斯（John Haines）以最貼近荒野的方式，在阿拉斯加生活多年，活出某種純粹。同時還是個優秀獵人。對著迷於森林生活的人來說，陷阱和圈套有著必要、有益且實用的古老知識。「即使有一天世界讓我們失望、市場崩潰、交通停滯，只要有一把好斧頭在手裡、一支槍、一個網子、幾個捕獸器，生活就可以依循古老而率真的方式繼續下去。」[1]

詩人用陷阱捕到的第一隻獵物便是狐狸，「這種森林中傳承下來、樸實的生

1《星星、雪、火：在阿拉斯加荒野二十五年，人與自然的寂靜對話》

活語彙，無法掩飾大自然原有的嚴酷。」當他依照友人傳授的方式，扭斷狐狸脖子，「低頭看著雪地上那髒兮兮、癱軟的形體，為自己剛才所做的事感到害怕，而這正是除去所有浪漫想像後、用陷阱獵捕的原始樣貌：一種騙局、為飢渴設下的圈套。但我克服了自己的恐懼，覺得從當中獲得了一些什麼。」

文明人認為以陷阱捕捉動物是野蠻、純粹的謀殺，就為讓某些人販售皮毛、大發利市並過度裝扮自己。然而毛皮對詩人的意義遠勝金錢，「看著毛皮在陽光下閃閃發亮，有一種完成工作的滿足感。當我賣掉它們的時候，感覺自己的驕傲都收進口袋裡了。」經歷所有艱難與殘酷是為了獲得必要知識，途徑「就是熟悉你獵捕到的動物：血液、筋腱、內臟、關節，與肌肉的結構、骨骼的形態，所有關於耳、鼻、唇、齒，稜稜角角、或圓或方的知識；在撕扯、剝下毛皮的時候，手中帶著一份熱切和自信，好像那隻動物身體的各個連結之處、隱藏在表面下的所有部位都能瞭若指掌。」[2]

遊牧民族在撒哈拉也是這樣的吧。

貝桑熟知沙漠動物的棲地與繁殖期，擅長動物照護與宰殺方式，知道若想捕獲某種獵物需在何處設陷阱，也知耳廓狐的窩在哪，用什麼方式能讓狐狸從躲藏的地洞裡逃出並趁機捕捉。

遊牧民族捕捉動物主為補充肉源而非取得皮毛，是而耳廓狐並非陷阱預設的獵物。

貝桑說，麥麥兩隻前腳是被現代金屬捕獸夾夾斷的，遊牧民族的傳統陷阱相當溫和，就一個可開闔的方形鐵具，中間有個彈簧，上頭綁著一條長長的繩索。動物一日落入陷阱，被笨重鐵具夾住腳就無法輕易移動，卻也不會受傷，即便拖著鐵具奔逃，遊牧民族只需拉動繩索便能找回陷阱與獵物。萬一捕到的不是預期中的動物，便放之自由，免去無意義的獵殺。偏偏傳統陷阱已迅速被兇殘無情的現代捕獸夾取而代之。

2 《星星、雪、火：在阿拉斯加荒野二十五年，人與自然的寂靜對話》

⋯⋯

終於，孩子們親手用土磚、泥土、蘆葦和乾草幫麥麥造的狐窩完工了，連大人都讚不絕口！原本馬上要讓麥麥入住，一場突如其來的沙塵暴讓我決定晚上還是讓麥麥在屋內過夜。

隔天，風勢稍止，我試著讓麥麥到新家走走，果不其然，他馬上躲進可以遮蔽自己的小房間，迅速踹掉保護斷肢的嬰兒襪，本能地在硬土地上扒呀扒的，一會兒就見血了。

那就像把我的心挖出來，放在地上磨擦一樣。

我馬上把麥麥抱出來，要求貝桑去沙丘載大量乾淨沙子，在狐窩裡鋪上厚厚一層，麥麥才會開心，扒地挖洞時比較不會受傷。

見貝桑點頭，我說：「不如叫卡車去載好了，省事。」

貝桑氣急敗壞地說我瘋了，老把麥麥當「人」或「親生兒子」，讓親朋好友看笑話。

在我完全沒有轉圜餘地的強硬要求之下，貝桑不情願地去沙丘扛回兩大袋乾淨細沙。

我迅速將沙子均勻鋪好，再把麥麥放進狐窩。呵，他馬上躲進小房，從窗口看我。顯然在自然材質的小窩中比在房內自在舒服。我丟了一坨麥麥的大便進去，讓他知道這是他的家，有他的氣味。

捨不得關麥麥的我想盡量營造一個最接近沙丘的自然環境，讓他可以晒太陽、吹風、躲藏，是而狐窩為開放式，高度約至成年人的腰，牽繩一直都繫著，以防萬一。

⋯⋯

麥麥獨自在剛蓋好的狐窩那一晚，是他意外落入我手裡後首次在相對接近自然環境的處所過夜，我難免擔心，怕他白天被太陽晒傷，晚上被露水凍寒，念頭一轉，哎，麥麥可是來自沙丘的野生小狐，生命力堅韌旺盛，我太小看他了！

日落後，我放飯，眾貓口隨即虎視眈眈地看著他的晚餐，數一數，至少六隻。雖然馬上被我驅趕，但貓咪一定會再回來，麥麥獨孤一狐，根本拚不過眾貓，一直躲在小房內，我決定在狐窩蓋上薄毯，防止貓咪侵門踏戶搶食。

待我搬來毯子，用手電筒一看，呵，麥麥竟然用沙子埋住晚餐，或許是想掩蓋食物味道。

隔天上午，我趕緊查看，前一晚下了點雨，還好有毯子遮著，狐窩裡的沙子未被淋溼，餐盤裡的生雞肉幾乎被吃光。麥麥呢，正桀驁不馴地抬起下巴，哼哼哼地威嚇我不要輕舉妄動！

⁂

麥麥食慾很好，自在地窩在沙子上，不太動，除非我靠得太近，才會用強健的後腳將身子直立起來威嚇我。

動物頻道裡的動物多處於「行動中」的狀態，捕獵、逃命、喝水、哺乳、求偶或生育，讓我不自覺期待麥麥總得做些什麼，卻發現他吃飽喝足，知道沒有生命危險，不過就和貓咪一樣懶洋洋地歇著，完全不想反抗或搬演處心積慮奔向自由沙漠的戲碼。

不過，麥麥永遠是「野」的，不親人，我學著用接近並理解他天性的方式去愛他、善待他，也在過程中更理解沙漠一些些。不再期望麥麥的行為像寵物後，才稍稍看得見更貼近真實的什麼，也才更能去「愛」。

••••

家族大人小孩常藉機進民宿，說「來看狐狸傷好了沒」，幾個人嘰嘰喳喳圍著狐窩聊天，久不離去，困擾了我，也吵到麥麥。

即便早跟我拿了按摩膏藥與痠痛貼布，大嫂依然三天兩頭找我幫忙按摩肩頸。我從櫃子底拿出從台灣帶來的矽膠拍痧板幫她拍打整個背部，她讚不絕口，我便把手邊僅存且全新的拍痧板送她，好讓她在家也能自行舒緩痠痛。幾個小時後，院子地上躺著一個好眼熟的東西，不正是我剛給大嫂的拍痧板嗎？竟已嚴重磨損且斷成兩截，不能用了，便從二嫂房間窗戶丟回民宿。

難道他們都不覺得如此行為相當失禮？

我不明白這一大家子究竟如何看待分享與付出。

偏偏我這異族和麥麥這異種生活在人家的地盤上，總得識相點兒，不能正面起衝突。

••••

孩子們像是雙面刃，既是照顧麥麥的助手，又是潛在危機製造者。

我對孩子們耳提面命：麥麥耳朵大，聽力好，很怕吵，在麥麥身邊要輕聲細語動作小，偏偏猴小孩猶瑟還是情不自禁地拿著樂器對麥麥自彈自唱，熱情表達對麥麥的愛，還想親他。

猶瑟確實有顆溫暖單純的心。

幫麥麥造窩、照顧麥麥的過程中，他對待麥麥的方式慢慢變了，不再像之前那樣，一旦熱情燃燒就想粗暴地一把抓起麥麥。

一回，我要猶瑟去雜貨鋪買麵包，他主動向老闆要了兩個紙箱，想給麥麥裝沙子。

看著那兩個過小的紙箱，我好感動。

穆罕默德是麥狐窩建造者之一讓阿迪得意極了，不時來看親哥哥作品，接著在院子裡瘋狂吵鬧，把整間民宿當成自個兒家。

有回他玩瘋了，順手撿起石頭，興奮地往麥狐窩走，「嘿！你要幹嘛！」阿迪被我的喝斥嚇著，轉頭看見我正惡狠狠瞪著他，丟下石頭跑了。不一會兒，家族老宅傳來阿迪的嚎啕大哭，伴隨大嫂的溫柔安慰。

家族女人忙完家務事也來看狐狸，散散心。時常，她們一走，廚房裡的餅乾、花生與茶葉通通不見，冰箱又少了蔬菜、水果、牛奶甚至一整塊肉。

沒關係，為了麥麥，我忍！這點錢不算什麼，我付得起！

那天，二嫂來到民宿，笑著看麥麥，對自己兒子建造的麥狐窩得意不已。不一會兒，大嫂也來了，一進門就開口跟我要牛奶，說寶貝兒子阿迪想喝。從我手中接過牛奶，大嫂走到狐窩和二嫂開心聊起天。忽地，大嫂問，有了這個窩，之前那個嬰兒床派不上用場了吧，我打算怎麼處理？

我聳聳肩，說，就先擱著吧。

大嫂比手畫腳說了些什麼，我明白對家族來說，民宿所有物件只要「閒置中」，就是我不再需要的，等於任何人都可以來拿，而眼前她擺明了正跟我索討嬰兒床呢。遊牧民族內底被沙漠長年乾旱逼出的物質匱乏與衍生的貪婪著實讓人吃不消。

大嫂對著裝傻的我叨叨絮絮說了好一會兒，見我只會笑，低聲碎念了幾句，二嫂推了她一把，偷偷看了我一眼。

我知道大嫂說我小氣又荒謬，即使買了嬰兒床還是沒辦法把狐狸變兒子，現在竟然連送人都捨不得。

哎，再怎麼說，麥麥也比妳寶貝兒子阿迪可愛太多了！

⋯⋯

不消幾天，我們發現麥麥每晚都會俐落地跳出麥狐窩在院子裡遊蕩，一旦我們靠近便機警地飛奔逃竄。真讓人追也不是，不追也不是。若放任他在院子裡遊晃，萬一大門沒關緊，麥麥很可能就跑走了。若追他，麥麥被截肢的前腳在碎石地上磨擦，很快就會滲血。

然而，我同樣明白麥麥對自由的渴望，要穆罕默德在麥狐窩靠近地面的外牆鑿個洞，方便麥麥出入，如此一來，若麥麥想到外頭閒晃，好歹省了跳上跳下的過程。

被截肢的麥麥這輩子只能屈就在人類住所生活，而我能為他做的，是盡量讓他活得貼近神給狐的天性。

貝爸與狐

人丁眾多的家族裡，與我個人喜好最接近的，就屬貝爸。

貝爸這人很妙，孩子似的，早年為了一家大小，牧羊、買賣駱駝、挖礦甚至賣花草茶，再辛苦的工作都做過且甘之如飴。大半輩子在沙漠牧羊，直到乾旱讓遊牧再也無法養家活口，年紀也大了，才在孩子們的哀求下舉家定居梅如卡。

老人家閒不下來，每天除了餵那幾頭羊，常來民宿照顧他親手栽種的樹苗或來拿廚餘去餵羊，平時最大樂趣是到處兜售他的招牌撒哈拉原生植物花草茶。

與多數遊牧民族不同，貝爸生性熱愛綠色生命，熟悉沙漠各種藥用植物療效，熱中於將自己的茶推薦給全世界。之於他，賣茶的意義不只是賺點零用錢，更是分享摯愛、遊牧生命經驗與撒哈拉的贈禮，每回成交總讓他開心不已。

他老人家不擅言辭，無法將茶的妙用說得天花亂墜，只會簡單解釋不同植物的功效，遇到客人殺價就像個純真無辜小孩，帶著受傷表情說：「可是這個野生植物很難找，而且準備工作很繁瑣，我花很多時間，做得很辛苦！」

貝爸很喜歡我這異族媳婦，數度鄭重地對家族說，我是個很好的人，萬一哪天他走了，不在了，誰都不能趕我走。當我們為了保護老樹而起身對抗大飯店家族，對方找來各方人馬施壓，就連身為家族掌舵者的大哥都希望我們知難而退，好讓大夥兒繼續過平靜日子，只有貝爸淡然地說：「大飯店本來就不應該占那麼大的土地，還要趕別人走。家裡有一個像適任這麼強悍的人是好的。」

⋯⋯

麥麥意外出現後，貝爸展現無比興趣，時不時想進民宿看狐狸，無限愛憐，讚嘆不已，看著看著，竟說麥麥獨孤一狐好可憐，他要到沙丘再抓一隻給麥麥作伴，我們趕緊阻止了熱血老頭兒。

以自然材質打造的麥狐窩完工後，白天，麥麥安靜乖巧地在窩裡休息，我不綁不關，入夜後，麥麥會跳出麥狐窩在院子裡溜達，留下一排排狐腳印，天亮後再自行返回麥狐窩。偶爾貪玩，我們起床，麥麥還窩在院子角落吹風，除非這時剛好有外人進來，否則我會讓麥麥待在他想待的地方。

貝爸可就不一樣了，若他發現麥麥不在窩裡，立刻熱情歡樂地走向麥麥，雖然年事已高，依然熟練俐落地一把抓住麥麥，把麥麥放回安全的窩。

我們對貝爸說過好幾次，在民宿沒有外人的情況下，就讓麥麥自由遊走，不需要特地抓他，貝爸一臉無辜地看著我們，不說話。

有一次，正當他要抓麥麥回窩，被我和貝桑逮個正著，他無比遺憾地看著麥麥，麥麥迅速躲到牆角，趴了下來，貝爸跟了過去，忍不住又想碰麥麥，轉頭看了我們一眼，竟然乾脆坐在離麥麥兩步遠的硬地上，饒有興味地看著麥麥，啥都沒說。一老人一小狐就這麼大眼瞪小眼，許久許久。我不知麥麥怎麼想，只見貝爸滿臉欣喜憐愛，彷彿只要還能靜靜看著麥麥便無比滿足，不給摸也沒關係。

⋮

貝桑這才說起，許久前，貝爸也養過一隻耳廓狐，據說是跟一個遊牧民族買來的，花了好幾百塊，就當年物價可是一大筆錢！貝媽見丈夫花錢這麼孩子氣，無可奈何。那時他們全家還住在沙漠的帳篷裡，貝爸就把狐狸養在帳篷旁，用一根繩子綁著，疼愛呵護得很，每天親自餵食。某天狐狸掙脫繩索，跑回沙丘，貝爸傷心了好久好久。

伍·不馴

滾！

「花兒柔弱又天真，努力自我安慰，
有了這些刺，可以讓自己變得很可怕……」

以前總想，麥麥是夜行性動物，基於某種自己都說不上來的「人道關懷」，總是夜幕落下才放飯，哪管貝桑和四哥信誓旦旦耳廓狐白天也在沙丘活動。

進入初春，麥麥住進自己的小窩，赫然發現這小傢伙其實也不怎麼夜行性嘛！老窩在最喜歡的角落仰望藍天白雲，吹風、晒太陽、看星星，不太移動，彷彿只要食物來源無虞，他的狐生也沒啥好奮鬥的，甚至不太介意被看見。或許是對人與環境稍有信任，知道自己是安全的，也愈來愈接受被圈養的生活吧。麥麥畢竟截了肢，無法如正常狐狸般行動，若他願意靜靜待在鋪滿厚厚細沙的小窩，就不會磨傷自己，而這讓我安心。

我嘗試白天放飯，想不到麥麥吃飯速度極快，我放下餐盤，離開不到三分鐘再踱回來，盤子已見底！若非瞄見他輕輕舔了舔嘴，我還真懷疑自己究竟放飯了沒。

⋯⋯

我問M，麥麥是否真已在窩裡安居？

「如果沒有其他特別刺激，目前是穩定的。當然，生於曠野，野性的呼喚是本能。他認同妳是朋友，開始喜歡看妳。」

「可是我每次去看他，他都叫我滾，還好我臉皮厚，不介意每天拿人類熱臉去貼狐狸冷屁股。」

「會叫妳滾很好呀，妳對他又不是主人概念，這也表示他身心健康，認同這個棲息地。麥麥根本不是妳的寵物，他一直屬於沙漠。他要是狐狸寶寶就有可能成為寵物。但他跟妳一樣，也跟貝桑一樣，都長大了。他的基因甚至可能比你們待在沙漠更久。」

有段時間我時常得外出工作，家族照顧麥麥的方式只是單純放飯，順道圍著他聊天，吵鬧人聲讓麥麥不安。

一回，我甚至親眼目睹阿迪靠在麥狐窩，踮起腳尖，拿根棍子往裡頭攪，想把麥麥趕出來，轉頭看見我便丟下棍子，逃了。

這讓麥麥愈發不信任人類，連看到我也立刻拱起身子，恐嚇性地朝我低吼，甚至作勢咬我，要我滾！

為了讓麥麥順著本性活，我不再讓任何人抱他。

•••

小野狐壓根不喜歡人類文明物的束縛，傷口也已癒合，我便不再強迫他穿嬰兒襪。

至於胸背帶，麥麥天生個頭嬌小，加上截肢讓兩隻前腳短了許多，輕易就能掙脫。

雖然依舊擔心麥麥逃跑，但他早已傷癒，我不需要時常抱著他，胸背帶反而容易讓往來閒人拉扯繩子、造成干擾。終於，在那雙晶亮大狐眼注視下，我取下胸背帶，收進櫃子。

養活動物不難，讓人傷透腦筋的是如何讓己心所愛真能開心自在地活。

••••

狐狸是一種很奇妙的動物，難以形容。

我不懂狐狸，只能每天認真地去認識他，只知道我想去愛他，知道我得先放下自身「期望」與「想像」，才有空間「真正去愛」。

麥麥與人不親，即便每天放飯的人是我，見到我，他依然只想叫我滾。若我不走，多待一會兒，他便以兩隻後腳直立起身子，抬起下巴，恫嚇我盡快離開。明明是隻小狐狸，卻擺出哥吉拉的兇猛姿態，好可愛！

也好，本該遠離人群的野生動物彷彿只要親人，便難逃悲慘命運。

海恩斯曾寫到阿拉斯加一隻害羞的紅狐，總在黑夜穿越雪地，從人們手上咬住遞給牠的帶肉骨頭，隨即躲進黑暗中。某個感恩節晚上，鄰友歡聚，紅狐也來討食。稍晚，隱約傳來車聲與槍響，只見「路邊一灘鮮血，凍結在雪地裡」。[1]

⋯⋯

人類將野獸馴化為家畜的歷史相當漫長，以育種與基因操作等方式，讓動物天性適應特定目的並持續豢養其後代，而該動物將依賴人類提供的環境與照顧。

1 《星星、雪、火：在阿拉斯加荒野二十五年，人與自然的寂靜對話》

馴養整體方向乃為滿足人類特定需求，並不注意動物自身利益[2]。

一旦被人類成功馴化，該物種便難以在野外生存。

摩弗侖野綿羊（mouflon）便是最好的例子，原本是知曉自我防禦與逃跑的物種，數千年來被人類「幼體化」，成了溫馴服從且易被操控的綿羊，難逃野狼攻擊，牧羊人順理成章扮演羊群保護者，以對抗嗜血成性的獵食者與兇殘的自然，掩蓋了人類才是始作俑者的實相，同時「遮掩畜牧業隱藏在保護者形象背後的，獵食者的本質」[3]。

⋯⋯

至於那些未被馴化卻無法在野外生活的個體，命運更是悲慘。

「人與動物間的生活界線被跨越後，該怎麼面對那些應運而生的喜、怒、哀、樂，從來都是一項難解的習題。」被屏東海生館圈養了八年的鯨鯊二號野放失敗，以及加拿大卑詩省峽灣裡，遭鯨群遺棄的虎鯨路納（Luna）因親人而被人類誤殺，讓從事動物保育運動多年的魚凱感嘆：「當野生動物進入人類的世界，各種的觀點卻想要為他選擇一條適合的道路，但忙碌了半天卻發現，適合的道路，往往不是人類說了算。」當路納突然跨越那條界線，人類為難地尋找讓虎鯨回到鯨世界的方法，即使需要陪伴的路納眼裡透露的只有寂寞，「多數的人們沒有意識到曾經人類的祖先，也是從荒野而來。生命的界線，本不該那樣分明。」[4]

•••

2 詳見威爾・金利卡、蘇・唐納森著，白舜羽譯，《動物公民：動物權利的政治哲學》（台北：貓頭鷹，二〇二一）。

3 巴諦斯特・莫席左著，林佑軒譯，《生之奧義》（台北：衛城出版，二〇二一年）。

4 魚凱，《非關政治，替動物發聲》（台北：時報出版，二〇二二年）。

那麼，狐狸有可能被馴化嗎？

為了獲得銀中帶黑的昂貴皮毛，一九五〇年代末，蘇聯遺傳學家貝里耶夫曾在西伯利亞開啟一場馴化野生銀狐的空前實驗，方法是人擇地從一群狐狸選出較親人的個體進行繁殖並重複數十年。銀狐逐漸出現「馴養症候群」，行為愈似家犬，如舔飼養者的手與搖尾巴等討好奉承的動作。外觀也出現變化，幼崽垂耳狀態維持得更久，尾巴捲曲、腿短以及毛色淡化等[5]。

雖然這場實驗具高度科學價值，搜索網上可見的養殖場影片，那一隻隻被關在狹小鐵籠裡的毛茸茸生物，見著工作人員便興奮地搖尾乞憐，彷彿仍披著狐的外衣卻被代入犬的靈魂，失了野狐本有的聰慧機靈，讓我不忍直視。

我寧願麥麥永遠保有神賜予狐原本的樣子，野的，不馴，寧願被他威嚇，都不要他卑躬屈膝討好包括我在內的任何人類。

麥麥的細軟狐毛觸感溫柔而獨特，我無法想像人類竟為了將這份溫暖做成大衣以炫耀財富，殘忍殺害美麗生物。

偏偏一如水貂和貉，狐狸是人類喜愛的皮草來源。終其一生被關在養殖場狹小鐵籠裡的狐狸，在毛髮最為豐美時被殘忍殺害。為取得更大張的皮草，以人工基因篩選，培育出被稱為「怪物狐狸」的藍狐，厚重毛髮阻礙移動甚至無法站立，怪病纏身，連睜眼都難[6]。

說到「狐狸與馴服」，最直接的聯想便是《小王子》。

狐狸要小王子馴服他的方式同樣是循序漸進，慢慢拉近彼此距離。小王子雖曾與狐狸出現在同張畫中，但文字與插畫並無二者縮短空間距離的明顯訊息，或許聖修伯里曾經飼養耳廓狐並以此為創作靈感，描述狐狸時仍然保留了野生動物不與人親近的特質。

---

5 李・杜加欽、柳德米拉・卓特著，范明瑛譯，《馴化的狐狸會像狗嗎？蘇聯科學家的劃時代實驗與被快轉的演化進程》（台北：貓頭鷹，二〇二一年）。

6 《尋找動物烏托邦》

院子裡的狐腳印

「我養了一隻耳廓狐，牠也被稱為孤獨的狐狸，體型比貓咪小一點，有著很長的耳朵，很可愛。可惜充滿野性，咆哮起來聲似獅子。」

麥麥是野生小狐，為了提供最接近原棲地的生活環境，我請家族男人從沙丘帶回乾淨細沙鋪在麥狐窩裡，且不定期更換。

貝桑對麥麥有莫名心結，每回要求他幫忙更換新沙就生悶氣，又不肯讓我花錢找工人，因為「這樣很沒有面子」，我只得趁台灣旅行團前來，以「客人看到狐狸生活環境乾淨舒適，才會對我們有好印象」為由，想方設法為麥狐窩換沙。

雖然不時因為家族小孩多且太愛來找我而備受干擾，我依然覺得幾個大孩子是上天派來的天使，平添生活樂趣，給我正向回饋，為我工作時比家族男人單純、貼心、可靠，而且講義氣。

當然，這多少得付出代價。

廚房食物經常不翼而飛，連台灣客人特地帶來給我的物資也是。我當然知道是家族那幾個小孩來幫忙打掃或照顧麥麥時順手牽羊。為了麥麥，也只能算了。

⋯⋯

麥麥白天靜靜窩在狐窩角落，文靜淡定，如如不動。可畢竟是夜行性動物，一入夜旋即化身狂野猛獸，鑽出麥狐窩，在帳篷區沙地上盡情玩耍嬉戲，到處印滿獨特的麥足跡。

貝桑不時無中生有地抱怨麥麥，連瘋狂可愛的麥足跡都要嫌！我不想聽他囉唆，時常趕在他起床前用掃把抹平沙子。

一早，我正為麥麥湮滅度過瘋狂夜晚的證據，發現帳篷裡冒出一個詭異的迷你小沙堆，恰恰落在麥足跡的路線上，小沙堆周遭圍著一圈麥足跡，沙堆上放了一小塊扁平黑石頭，做記號似地，完全是遊牧民族習性。

難不成麥麥半夜在這裡舉行神祕儀式?!

我將小沙堆鏟平，赫然發現裡面藏了好多沒吃完的生雞肉！敢情儲藏室概念來著?!

⋮

聖修伯里墜機撒哈拉，飢寒交迫之際，循著耳廓狐足跡，找到了「狐狸的糧倉」。沙地上，「每隔大約一百公尺，就有一叢約莫大湯碗大小的枯黃灌木，灌木莖上爬著小小的金黃色蝸牛。大耳狐天一破曉便來到這裡覓食。」為了避免滅絕灌木豢養出來的生物，狐狸「很小心地不去破壞大自然的繁殖再生」，畢竟

「如果蝸牛沒了，大耳狐也就沒了」。[1]

走入人類世，地球在在處處都是人的氣息，「野域」愈來愈難尋，再怎麼蠻荒原始，都有人類或人造物的痕跡。

「野域」意指「未為人類馴化過的、亦未受到人類駕馭驅策的地區」，在保育科學上，指的是人口稀少的「一處大面積之地，其內的自然過程未經人類特意擾動，自然野地過著自然的過程，該處生命處於『自行其是』的環境。」[2]

亞馬遜叢林深處藏著已消失的古文明遺留的土壘防禦建物，即便南極冰層與深海沉積物都找得到塑膠微粒與人造化學物。事實上，人類導致的氣候變遷恐將改造地球上每個生態系統與地理景觀，「而長留於世的人造物質，已將我們特有

1《風沙星辰》

2 愛德華．威爾森著，金恒鑣、王益真譯，《半個地球：探尋生物多樣性及其保存之道》（台北：商周出版，二〇一七年）。

的印記蝕刻在地質紀錄之中，永遠無法磨滅。」[3]

即便是非洲，未經圈限的野地少之又少，也幾乎皆已受某種形式的管理，全球被圈養的老虎數量甚至多於野生老虎[4]。光是美國德州就有兩千至五千隻私人圈養的老虎，全球野生老虎數量卻可能已低於四千，過度捕撈、非法交易、棲地被毀、氣候變遷、物種遷徙與種種汙染，皆是生物多樣性逐漸萎縮的原因[5]。

沿著人類足跡往前走，除了生物滅絕與蓋亞難以消化的垃圾，還剩什麼？

••••

誤捉麥麥的那兩個男孩是步行前往沙丘設置捕獸夾，除非以吉普車或沙灘車代步，村民一般只在沙丘群邊緣活動，亦即麥麥原本生活處極可能離人類部落不遠。

「城際野生動物」在《動物公民》意指那些既非野生也非馴化，且已適應與人類共存於都市的物種。由於人類侵占或包圍其傳統棲息地，這些物種只好適應人類居住地。抑或野生動物主動前來與人共生，因人類聚落比荒野棲地提供更豐富的食物來源與藏身之地。然而，這些動物往往被視為「外來入侵者」，遭受射殺與毒害等[6]。

麥麥的情況更接近「不受人類直接管理，自行覓食、棲身並組成社會結構」的非馴化野生動物。人類活動持續影響並改變特定物種生態系，如漁獵與設陷阱捕獵等直接蓄意的暴力行為、因經濟開發而讓動物棲地消失，抑或基礎建設無限

3 凱兒・弗林著，林佩蓉譯，《遺棄之島：得獎記者挺進戰地、災區、棄城等破敗之地，探索大自然的驚人復原力》（台北：商周出版，二〇二三年）。
4 蘇珊・歐琳著，韓絜光譯，《不想回家的鯨魚：15個來自動物的真實故事，探索人與動物之間看不見的愛與傷害》（台北：漫遊者文化出版，二〇二三年）。
5 安・史韋卓普－泰格松著，王曼璇譯，《站在自然巨人的肩膀：看自然如何將我們高高舉起，支撐萬物生息》（台北：漫遊者文化出版，二〇二一年）。
6 《尋找動物烏托邦：跨越國界的動保前線紀實》

擴增而增加動物風險，如路殺等[7]。

野生動物棲地與人類活動空間愈形重疊，全球多達兩千個物種時常發生人獸衝突，如美洲獅、灰熊、野象、花豹與獼猴等，一旦造成人類損失、受傷甚至死亡，下場往往是被撲殺。宗教卻可能帶來例外。在西藏高原，棕熊常闖入牧人家中搗亂，虔誠的佛教徒畏懼果報而不願報復，甚至表示不知人與熊哪個生命更重要[8]。

此時今日，對耳廓狐族群構成最嚴重威脅的並非捕獸夾，仍是人類為了發展觀光業所進行的無節制開發。

沿著沙丘群邊緣，附設游泳池的飯店拔地而起，豪華帳篷如一顆顆白蘑菇般冒了出來，恣意馳騁的沙灘車與越野摩托車揚起漫天粉塵且製造噪音，在在驚擾沙漠生靈。人們汲汲營營於金錢收益，卻忘了沙丘群亦是諸多動物的原鄉。

伴隨遊客與帳篷營區在沙丘上增生的，尚有協助看顧營區的犬隻。貓狗等同伴動物造成野外生物數量銳減甚而引發生態災難的議題早有所討論[9]，帳篷營區犬隻雖不似澳洲野犬般引發多重爭議[10]，但誰都無法預料這些食物來源充足且精力充沛的犬隻在沙丘上嬉戲遊蕩時，是否也對野生物種造成威脅。

落在沙丘上的人跡與車痕愈形密集，引擎聲隨處可聞，工業化垃圾飄揚空中抑或深埋沙底，這樣的沙丘群還是「野地」嗎？種種讓人類獲益的經濟活動對生態的影響何在？躲進地底洞穴的耳廓狐是否早已無法忍受車輛噪音卻又無處可逃？一旦走出狐窩，是否畏懼犬隻追趕？當人類步步蠶食棲地，狐狸們又能搬哪

---

7 《動物公民：動物權利的政治哲學》

8 瑪莉．羅曲著，黃于薇譯，《當野生動物「違法」時：人類與大自然的衝突科學》（台北：紅樹林，二〇二三年）。

9 彼得．克里斯蒂著，林潔盈譯，《愛為何使生物滅絕？在野生動物瀕危的時代，檢視我們對寵物的愛》（台北：貓頭鷹，二〇二一年）。

10 黛博拉．羅斯著，黃懿翎譯，《野犬傳命：在澳洲原住民的智慧中尋找生態共存的出路》（台北：紅桌文化，二〇一九年）。

兒去？在這人類世的時代，狐家何在？

生物學家愛德華．威爾森（Edward O. Wilson）曾說：「我們是野地的管家，而非它們的主人。」[11]

我的確是靠著瑰麗沙丘群吸引來的觀光客混飯吃，但我總相信在自然生態保育與觀光經濟發展之間，即使不存在絕對的平衡，依然能找到對環境傷害相對小且具永續性的經營方式，這甚至是我一直努力的方向，因為沙丘群是我的麥麥來自的地方。

---

11 《半個地球：探尋生物多樣性及其保存之道》

冬與夏的操心

「我們只知被我們馴服之物。」狐狸說。

麥麥安危以及快樂與否，成了每日最深關注。

沙漠日夜溫差大，一進入冬季，白天太陽晒，氣溫約十幾度，從亞特拉斯山脈襲來的風卻相當冰寒。太陽一下山，溫度驟降，入夜後可低於零下，放室外的水到了早上，表面往往結了厚厚一層冰。

寒夜漫漫，我只惦記小麥麥。

雖知耳廓狐是撒哈拉原生種，夜晚仍想著是否抓麥麥入屋睡覺？好歹暖和些。但也知這狐一點都不想跟人類在一起。

我將熱水袋裝滿，包上絨毛布，放入麥狐窩，讓麥麥能在寒夜裡取暖。一如預料，沙地上的足跡顯示麥麥對人類文明物不感興趣，倒是踏出了狐窩，漫步星空下。

⋯⋯

進入七月，溫度驟增，盛夏讓所有生靈都不好受。

白天豔陽高照，我趕緊請人在麥狐窩搭建遮陽棚，依然不敵如火般燃燒的烈日，麥麥躲在有陰影的角落露出舌頭喘氣，我心疼極了，趕緊準備幾瓶水，放進冷凍庫，結冰後丟進麥狐窩，希望可以稍稍降溫。

維基百科寫著，耳廓狐完美適應沙漠乾旱氣候，一對大耳朵上密布血管，利於散熱。白天高溫，耳廓狐可躲在自己挖掘的陰涼洞穴內不受烈日曝晒。然而，民宿無法提供能讓麥麥挖洞以躲避酷暑的環境，即便我已盡力做了最好的措施，太陽最晒時，麥狐窩溫度終究過高。

⋯⋯

傍晚，麥麥跑出狐窩納涼，雖然這狐食慾永遠那麼好，我仍覺他一天比一天疲憊，說不上來哪裡不對勁。我給了麥麥一碗水和一盤肉，他喝光水，沒動那盤肉，警戒地看著我，卻不尋常地沒了之前威脅的動作，以右後腳朝上的罕見姿勢趴在地上休息，不知是否受了傷？可他身上沒傷口，民宿裡除了貓咪，也沒其他動物了呀！

我進狐窩想抓麥麥仔細檢查，忽地，麥麥恢復身強體壯，在整個院子奔竄！追在狐狸屁股後頭跑了好一會兒，終於逮到他，仔細一瞧，除了大腿與手肘的毛略顯稀疏，其餘完全無異樣。

貝桑認為只是狐狸在換季、掉毛。

兩周後，麥麥掉毛掉得蓬頭垢面，垂頭喪氣，自己把毛一撮撮咬下來，嘴邊還黏一些毛髮，耳背的毛也在掉，甚至被自己的爪子抓出血痕，看得我難受極了，無力判斷麥麥是正在換毛、皮膚病還是心理因素？

所幸麥麥依舊日日精神抖擻。

⁘

朋友建議用濃茶幫麥麥擦澡，在醫療資源匱乏的沙漠地帶，只能一試。

我事先準備一盆濃茶，摟著麥麥，用布巾沾著濃茶，慢慢幫他擦澡。

麥麥討厭人類靠近，擦澡只有我能處理。雖然他會掙扎、兇我，好歹願意讓我抱著。

我輕摟著他，讓腹部與背部分別朝上，晾乾身上水分。接著按摩他的頭頂、後耳與掉毛的部分，麥麥放鬆地靠在我身上，眼睛瞇了起來，我偷偷拿起剪刀，想趁機剪除已經結成團狀的毛球。狐狸毛極細，偏偏沙漠唯一能買到的剪刀極鈍，無論施力角度如何都只是拉扯麥麥的毛，邊發出喀嚓聲。這激怒了麥麥，又要暴衝！

我只好放手讓麥麥走，以免他驚嚇過度，加重病情。

望著漂浮在盆裡濃茶上的細碎狐毛，想哭。

從截肢的傷痛到此時的掉毛，麥麥是肉身菩薩，以自己的身體與遭遇來教我們關於「愛」。當他就這樣整隻靠在我身上，我覺得他好寂寞，獨孤一狐在民宿，沒有同類。

而我呢，在沙漠，有「同類」嗎？

如果不管再怎麼努力，都無法在民宿提供讓麥麥活得舒坦的環境，是否該放麥麥回沙丘？偏偏我無法想像，沒了腳的麥麥，如何在夏季高溫下的沙丘群裡活下來？

⋯⋯

隔天，麥麥掉毛的情況似乎更嚴重了。我無法判斷是否為皮膚病，又是哪一種皮膚病，癬還是溼疹？一旦無法確認病名，便不可能購買適用藥物。

同時還得面對來自貝桑的龐大壓力，只要見我把麥麥當小孩照顧，他便發怒！我不禁想，若狐狸跟著小王子到了他的B612號小行星，傲嬌的玫瑰會不會吃醋？

朋友擔心麥麥此時抵抗力較弱，建議改吃熟食，可我才剛給他燙熟的雞肉，馬上被他唰唰唰地用沙子埋得無影無蹤。我只好再放生雞肉，很快進了他的肚子，一點兒都不剩。呵，麥麥是隻挑嘴狐！

無論麥麥的皮膚病是否因天氣過熱引起，都得盡量維持麥狐窩的乾淨，尤其是夏季。

我請穆罕默德與猶瑟幫忙清出髒掉的沙子，補上乾淨新沙。

穆罕默德拿起藍布偶問我怎麼處理。

想了想，我請他拿回我房間，夏天不需要布偶陪伴麥麥。

莫名，我轉頭多看了穆罕默德一眼，那背影讓我心中閃過一絲不祥預感，彷彿有什麼再也看不到了。

••••

觀察了一個禮拜，麥麥掉毛情況似乎並未惡化，或許是好事。

麥麥極少有移動的慾望，幾乎只要找到一個讓他稍有安全感的角落，若無人類逼近，他就窩著，不動。

夏天是沙浴季，梅如卡瞬間湧入大批摩洛哥遊客，我們民宿同樣人來人往，好不熱鬧。貝桑很開心有收入，我則擔憂人聲車聲吵雜讓麥麥不安。

我相信麥麥比我清楚何時何地最適合窩著，便讓麥麥自由決定要待在哪兒。沙地上的足跡顯示麥麥晚上在院子裡到處散步，天一亮，有時躲在客人車下，有時躲在牆邊土窯，抑或曬不到太陽且長滿綠草的角落，有時則窩在棕櫚樹苗旁。且是隨著一天當中太陽移動的位置，躲在遠離人類且有陰影的角落。

那隻沒了媽媽、常來蹭飯的幼貓靠在麥麥身上睡著了，他竟也接受。

大抵阿麥的狐生就是採取「能躲就不奮鬥」的戰略，一旦覺得還算安全，隨即趴下來，癱軟在地上休息、打盹兒，但永遠保持警覺，臉朝著聲音來的方向，狐毛保護色功能極強，與大地與木頭完美融合，難以覺察狐的存在。

••••

聖修伯里曾說他養的耳廓狐「充滿野性，咆哮起來聲似獅子」（引自《遇見小王子》），我的麥麥卻是無聲之狐，照顧他這麼久，從沒聽過他發出任何聲音，或許被捕獸夾截肢的他，心傷未癒，自此沉默。

直到麥麥嚴重掉毛，我不得不將他移出狐窩，貓咪環伺與陌生環境讓他很緊張，我偶爾會聽見他從喉嚨發出一點點類似狗吠的微弱叫聲。

••••

M得知麥麥似乎得了皮膚病，說麥麥可能也需要沙浴一番，在貓咪環繞下，麥麥其實很想離開。M建議試著讓麥麥吃點魚油，但因沙漠地帶無法取得，可用亞麻或堅果類種籽等植物油替代，又或者中醫配方的蛋黃油。

我趕緊上網查蛋黃油製法，到小鋪子買了一整盒蛋回來試做。先是取出蛋黃，放入鍋中以小火快炒，漸呈顆粒狀，再壓碎，持續加熱拌炒。很快地，整間廚房瀰漫濃煙與膠味，蛋黃也逐漸轉為深褐色，許久，終於出現黑色液體，稠稠的，應該就是蛋黃油了吧。忙了老半天，僅煉製出一小匙，無比珍貴！

可光這焦味，我實在不信進得了挑嘴狐的口。

傍晚放飯，我小心翼翼滴了幾滴在生雞肉上，果然，麥麥一聞到蛋黃油的味道，一口雞肉都不肯吃。

M要我從極微量開始嘗試，「別太過擔心他吃東西，野生動物本來就耐飢，也會用斷食和休息來調整身體，尤其現在是夏季。即便現在不易野外生存，仍不會改變他野生動物的天性。麥麥不會一直處在情緒下，想回沙漠，但回不去，或回去或許活不久，他都沒想。就試試看，試不成也繼續過妳給他的日子。」

出逃

「如果你馴服了我，我們將彼此需要。之於我，你將是世上獨一無二的。之於你，我將是世上獨一無二的。」

M才說貓咪環伺，讓麥麥想離開，不久後，麥麥便付諸行動。

清晨七點不到，我去看麥，狐窩竟是空的！

這是第一次我有了不祥預感，在院子遍尋不著，直覺麥麥已不在民宿，剛走出大門就意識到不可能靠自己找回麥麥，趕緊回房喚醒睡夢中的貝桑，跟他說麥麥不見了。

貝桑不以為意，翻身繼續睡。

對著貝桑背影，我嚴正且真心地說，如果麥麥不見了，我個人實在不覺得自己還有一絲絲繼續待在沙漠的意願與必要。

沉默了一會兒，終於，貝桑起床。

一走出大門，貝桑馬上看到我剛剛找半天卻完全忽略的線索：落在地上圓圓淺淺的痕跡，篤定地說那是麥麥的腳印，早不知往哪方向跑了，一般來說，耳廓狐天性會想辦法逃回沙丘。

我們立即跳上吉普車，出發找狐。

在沙丘群與村落之間有一座綠洲農田，貝桑說，如果麥麥躲進田裡，反而較難把他找回來，因為農田不留足跡。我們繞著農田跑一圈，找不到他的蹤影，連足跡都不見，貝桑提議先去沙丘，麥麥應該會往那頭跑，一旦回沙丘鐵定會留下足跡。尤其麥麥被捕獸夾截肢，落下的足跡與眾不同，更容易追蹤。

起。

⋯⋯

我們馬上往沙丘衝，撒哈拉何其遼闊，沙丘連綿不絕，我真不知該從哪裡找起。

貝桑果真是土生土長原住民，單憑直覺篤定地往某方向走，竟很快發現麥麥獨特的足跡。這狐好狂，跑了好遠，繞了好多地方，時常圍著樹叢走圈圈，到處繞呀繞的，尋找適恰的藏身處。

貝桑沿著足跡追蹤麥麥身影，不一會兒，果真在一座樹叢間尋獲！貝桑開心極了，慢慢靠近，麥麥發現了，在樹叢間鑽來鑽去，想躲，接著衝出樹叢，奔向沙丘群！

被截肢又正在掉毛的麥麥依然身手矯健，一旦認真逃命，唯有沙漠人能夠不追失他的蹤影。我跟在狂追麥麥的貝桑後頭，好怕麥麥消失在連綿不絕的沙丘群裡。

看著麥麥在長了一叢叢植物的沙地上狂奔，離沙丘愈來愈近，我心裡好掙扎！我知道麥麥野性難馴，永遠依隨神給他的天性而活，不曾奢望馴化他，明白他不是寵物，也在有限條件與資源中盡量創造讓他最能依循天性而活的環境，但人類屋舍對麥麥來說，吵鬧狹小，哪比得上天寬地闊的自由。

⋯

在貝桑持續追捕下，麥麥終究逃向沙丘，我很緊張，貝桑卻氣定神閒地打包票，直說這樣反而讓麥麥更無所遁形，況且隨著時間愈來愈接近中午，太陽高照，沙丘上的沙子會愈來愈燙，狐狸就不會跑了，只想找地方躲起來，這時就更容易抓了。

果然，一上沙丘，只要沿著足跡走，一定找得到。

麥麥邊尋找藏身處邊不停向前飛奔，貝桑駕駛吉普車在沙丘上上下下緊追不捨，最後下車，赤腳在沙丘上狂追。

⋯⋯

就這樣，撒哈拉豔陽下，麥麥在沙丘上一直跑一直跑，我和貝桑一直追一直追。在細軟沙丘上行走緩慢又費力，更何況追一隻飛奔中的小狐狸！

麥麥幾乎是在同個區域繞圈圈，知道是我來，不時遠遠望著我，就是不想回來。

雖知沙丘才是麥麥的原鄉，我仍私心想「帶麥麥回家」，不願已失去野外求生能力的小狐落得慢慢餓死渴死的下場。

死了麥麥這隻狐，不影響耳廓狐群體的延續，但我對他有感情，建立了關係與連結，一同書寫生命故事。麥麥不是隨隨便便一隻狐狸，他是我的麥麥，我就是想好好照顧他。所有和麥麥經歷的一切，讓麥麥之於我是獨一無二的，他甚至不只是狐狸，而是「我的麥麥」！

望著看不到盡頭的沙丘群，我在心裡祈禱：「撒哈拉我的母親哪！我知道麥麥同樣是祢的孩子，麥麥一心渴望回到祢懷裡，但我擔心麥麥安危，想把麥麥帶回家，希望祢成全！」

⋯⋯

一人一狐在豔陽下的沙丘上追逐許久，終於，麥麥被貝桑赤手空拳地逮捕歸案，心不甘情不願地被帶回家。

談及被囚困的野生動物一旦獲得自由是否會馬上逃走時，奧地利動物學家康拉德．勞倫茲（Konrad Lorenz）認為：「愈是苦於牢籠生活的聰明傢伙，愈是不會逃走。除了最低等的生物，所有的動物都受習慣所羈絆，常常會不惜一切代價以維持牠們原已習慣了的生活方式。所以，凡是受過長期禁錮而突然得到解放的動物，只要牠回得去，牠是很願意再進籠子的。」[1]

1 《所羅門王的指環：與蟲魚鳥獸親密對話》

麥麥卻完全不是如此，即使看似已適應民宿的安適生活，依然想回沙丘。動物很聰明，有了一次經驗，有了出逃記憶，加上天性的呼喚，誰都不知道麥麥會不會再度偷溜回沙丘。更何況我們不綁不關，給予他最大自由，民宿人來人往，大門總有忘了關的時候。

緣起緣滅，所有關係莫不以生離死別為結局，我唯一能做的，就是珍惜還能和麥麥相處的時光，好好地愛他、善待他。

陸・不容

五哥的雞雜碎

那天，我和貝桑決定前往西撒旅行，他想去阿尤恩（Laâyoune）探親，我則想親自走訪三毛當年在西撒生活的足跡。

貝桑認為可以把麥麥託給我不怎麼欣賞的五哥照顧。這傢伙平時見不到人影，不知上哪兒雲遊四海，偶爾我們進城採購，還會遇到店家詢問能否幫忙償還五哥賒的帳。可五哥都這麼大的人了，總不至於連一隻小狐狸都顧不好吧？

出發前，我以「麥麥食材購買費」為名，實則包含每日高額工資，給了五哥厚厚一疊現金，那雙見錢發亮的眼睛固然讓人不安，我仍詳細說明注意事項，請他務必每天購買當日新鮮雞肉，切成小塊，沙漠高溫，為避免生雞肉一下子就餿掉，我請他傍晚天涼再放飯。同時委託他早晚灌溉院子裡幾棵樹苗。

五哥喜孜孜接過那疊鈔票，要我放心。

貝桑把整串民宿房間鑰匙遞了過去，允許五哥自由出租客房，之後收入兩人對分。這對沒任何資產的五哥來說，可是難得的掙錢機會。

⋯

數周後返家，果然，無論事前如何交代，五哥向來只照自己的方式做。沒有哪棵樹苗的狀況是好的，葉子垂了下來，甚至乾枯。樹根旁的土壤又乾又硬，顯然五哥甚少灌溉。

帶著不祥預感，我放下行李直衝麥狐窩，怪味撲鼻而來。

返回沙漠時是上午，狐窩裡早擺了一盤食物，淨是殘破的雞內臟與雞皮，雞胗沒清洗直接給，堆得高高的。我憋著氣俐落跳進狐窩，整盤撤掉。

走進廚房，打開冰箱，只見一大包混著血水的雞脖子、雞翅末端與雞雜碎，淨是被雞肉販淘汰的「廚餘」。

我明白了，五哥就給麥麥吃這。

五哥拿了我的錢，卻用這些噁心的東西餵我心愛的麥麥，完全超過我能忍受的底線。但我也知道，這不過真實顯示當地人對待「野畜」的方式。無論我多麼疼愛麥麥、多麼善待身邊每一個人，在家族眼中，麥麥自始至終只是「異種」，而我不過是自備提款機功能的「異族」，無論之前答應了我什麼，都遠比浮雲還輕，握在手中的鈔票才是真。

⁘

顯然，這段期間五哥不曾清理麥麥排泄物，麥狐窩瀰漫著一股怪味兒，我趕緊跳進窩裡幫麥麥打掃。

沙子一挖開，赫然出現半乾的雞骨和雞翅等，這些不新鮮的廚餘根本入不了挑嘴狐的口，全被埋進沙子裡，早壞了，難怪麥狐窩散發臭味，髒得不得了。

這下勢必得將沙子全部清除、換新，貝桑拒絕幫忙，認為我大驚小怪，我與他激烈大吵，氣得他甩門而去。我找三哥商量，討論後，決定讓家族男孩們擔起重責大任。

隔天一早，孩子們依約前來，紛紛跳進狐窩，將沙子一桶桶搬出來，倒在民宿外。麥麥不喜歡棲地被入侵，從窩裡跑出來盯著一桶桶搬沙的男孩們，逕自躲到帳篷後。

席德做事認真仔細，把沙子清得很乾淨，空氣裡依然瀰漫怪味兒，他不以為意，扛了一桶清水將整個狐窩地面徹底洗刷數遍，味道果然淡很多。我決定讓狐窩整個曝晒在太陽下，吹吹風，晾個幾天，之後再鋪沙。

清洗狐窩時，席德不經意地說，五哥拿來餵麥麥的雞雜碎是向雞肉販討的，不花一毛錢。

也就是說，五哥獨吞雞肉採購費、麥麥照顧費與民宿數周收入，卻只丟給麥麥滲著血水的免費雞雜碎。這究竟是欺負「異種」麥麥，還是徹頭徹尾瞧不起慎重將麥麥託付給他的「異族」我？

食物在伊斯蘭世界帶有階級性。在馬格里布（Maghreb），肉類優於蔬菜，是價值最高的食物，象徵尊敬、榮譽、好客甚至是社會地位。據法國神父夏爾・德・傅柯（Charles de Foucauld）於一九二二年發表的文字紀錄，一位圖瓦雷格貴族告訴他，奴隸與社會階級低下的人才吃豺狼、耳廓狐、跳鼠、烏鴉和沙雞，身分尊崇的貴族不會屈就自己去吃這些卑賤可鄙的「野物」[1]。

我問貝桑遊牧民族是否也吃耳廓狐，他含糊其辭，最後才說：「那是以前窮，沒東西吃，又不理解伊斯蘭，才會有那麼野蠻的行為。現在不會了。」

結構人類學藉由食物類別，帶出傳統文化裡「文明」與「野蠻」、「尊貴」與「卑賤」之間的二元對立。五哥錢全部拿了，僅以雞肉販丟棄且人類不吃的雞雜碎餵食麥麥，在他心中，「異種」麥麥與「異族」我象徵什麼？地位究竟卑微

1 Benkheira Mohammed Hocine. *Lier et séparer. Les fonctions rituelles de la viande dans le monde islamisé*. In: *L'Homme*,1999, tome 39 no 152. *Esclaves et «sauvages»*. pp. 89-114.

到何等程度？

我已無過多情緒，而是把一個人的貪婪與內在匱乏看得愈清晰。是的，一個愈貪婪、愈不誠實的人，便愈匱乏貧窮。

但，五哥得到懲罰了嗎？

哈，他甚至大言不慚地邀功，吹噓每天照顧麥麥有多辛苦。

幾天後，孩子們聯手將乾淨細沙搬進麥狐窩。

隔天清晨，我發現整個院子只要有細沙的地方就有麥足跡，顯然麥麥已將鋪著新沙的區域徹底巡視了一圈。

小孩的石頭

「別再拖拖拉拉，真的很煩。你已經決定要走，就走吧！」

她不想讓小王子看到她哭，這是一朵多麼驕傲的花……

看在我強大的經濟貢獻上，家族對我這「異族」相對寬容忍耐，然而，彼此間的巨大歧異終究因「阿迪VS麥麥」、「金孫VS野畜」而爆發激烈衝突。

二〇一七年一月某日，一早，我和貝桑進城辦事，足足忙了一整天，剛踏進民宿大門，甜美純真的涵涵跑來告狀，說阿迪欺負麥麥，我走近麥狐窩一看，對人類的痛恨厭惡之怒火瞬間燃燒起來。麥狐窩裡，散落大大小小超過三十個以上的石頭磚塊，涵涵說是阿迪幹的好事。

之前已經發生好幾次了，無論我如何勸阻，阿迪完全不當一回事，即便我抗議，大嫂也只是溫柔笑著對阿迪說不可以。

我怒極了，決定以更具體的行動阻止阿迪，一來避免麥麥真的被砸傷，二來更擔心麥麥沒了安全感，偷溜出去，死在野外。

我決定不清除石頭，讓所有大人們「鑑賞」，只要阿迪膽敢走進民宿，我便帶他去看他的「傑作」，讓他感受我的憤怒，再將他推出民宿大門外。或許得以如此明確強硬的動作才能讓他稍稍明白，拿石頭砸麥麥是錯誤的。

我打電話給貝桑，他感受到我的怒氣，緊張地問我發生什麼事？我沒說。

不一會兒，貝桑回來，臉色沉重地問我到底怎麼了？我秀出手機裡的照片，說是阿迪幹的，這回連他都倒抽一口氣。

貝桑向來最疼阿迪，好一會兒，終於說：「我明天再找他來，好好教訓他。」

我說：「所有生命都是阿拉的創造，阿迪這樣對待一隻截肢且無處可逃的小狐狸，你覺得阿拉會同意嗎？」

貝桑不說話，我說：「阿迪是本質善良的好小孩，只是小孩有時真的不懂事，需要教育。」

貝桑再度答允，明天就找阿迪來訓話。

自從麥麥出現，我花了無數心力與時間試圖改變身邊這群人，不是我對他們有愛，而是我真心愛著小麥麥，為了讓我的狐狸可以在民宿安居，我一再讓步，忍耐種種讓人不滿的行徑，有時甚至得強硬地逼他們就範。所有生命莫不活在同一張網絡裡，牽動著彼此，我不可能帶著麥麥獨善其身，只能抬頭挺胸，奮力打造讓麥麥安居的環境，無論是人或物質性的。

⋯⋯

無論貝桑口頭如何答應，我知道他不會有任何行動，一如以往。更何況這回我可是要他為了一頭「野畜」教訓家族珍視的「金孫」。

可我再無法忍，隔天清晨，我請席德來看阿迪的傑作，希望大嫂可以勸誡阿迪，不要再欺負麥麥。

席德聳聳肩，淡淡地說，她從頭到尾都知道呀，單純不想管。

父母過度寵溺，無怪乎阿迪恃寵而驕，活脫脫就是個小霸王！

我不再壓抑自己的憤怒，大步走到大嫂屋前，時約上午八點，我敲門，無人理會，我繼續敲門，無人理會，我不放棄地敲，非得把裡頭的人敲醒不可。如果不這麼「無禮」，說不準哪天我的小狐狸就死在大嫂寶貝兒子的石頭下。

隨著一聲聲愈來愈不客氣的敲門聲，終於，屋裡傳來悉索的腳步聲，大嫂問：「誰啊？」明知她聽不懂法語，我仍高聲大喊：「是我，請快開門，我有事要說。」是的，我刻意抬高聲量，要讓家族所有人聽見我的怒氣，以及我的不可能善罷甘休。

門開了，大嫂睡臉惺忪，問我什麼事。

我秀出手機裡的照片，請她好好管教阿迪，不要再拿石頭砸麥麥。

大嫂笑得柔弱無辜，睜著一雙純真無邪的大眼，說她早就禁止阿迪進民宿玩，無奈這孩子瘋瘋癲癲，就是不聽話。言下之意是她已善盡慈母義務，至於阿迪的行為如何，她可管不了。

怒火瞬間吞沒了我，我朝她大吼：「麥麥是我的狐狸，沒有人可以欺負他，包括妳的兒子。耳廓狐受摩洛哥法律保護，我已經拍了照，妳兒子膽敢再來，我絕對上警察局報案！」

家族狗屁倒灶的事多如牛毛，我全忍了，麥麥是我最後的底線，哪管長兄如父，哪管大嫂如母，哪管我隻身在沙漠，就是要吼得讓全世界都聽見！

⁂

我一走，大嫂馬上打電話向貝桑告狀，說我為了一頭畜生，對她出言不遜。

近中午，貝桑從外頭回來，質問我為什麼對大嫂說那些不禮貌的話？害他沒面子，更何況小孩比動物重要。

剎時，我明白了，在這人類優於動物、家族至上且金孫為要的傳統裡，我從來就保護不了麥麥，是神讓麥麥還在。既然如此，我也沒什麼好顧慮了。

「我想帶麥離開了，找個動物保護組織安頓麥麥，我滾回我的台灣。」

貝桑膽怯了，說會解決問題。

我堅持非走不可。

他怕了，叫我過兩天再走，到時他會親自送我去坐車。

「要我留下可以，你去叫阿迪來這裡，我要親自告訴他不可以欺負麥麥。」

貝桑愣了，顧左右而言他，還說阿迪已經知道錯了，不需要再講，接著又說過兩天再找他來。

我靈機一動：「你現在就去找阿迪，我自己跟他說，兩分鐘就好。」

貝桑完全來不及阻止，我一開側門，恰巧阿迪就在門外！

我一把將阿迪抓進來，用力關上門，碰一聲，他大哭起來，大嫂急得奮力拍打側門，發出極大聲響，我充耳不聞，緊緊抓住阿迪手臂，直直看進他眼底，哪管他聽不懂法語，我仍板著臉，嚴正地，一個字接著一個字地說：「麥麥是我的狐狸，你要是膽敢再欺負他，我絕對饒不了你。」

這時，側門開了，貝媽拿備份鑰匙幫大嫂開了門。阿迪一見救星來了，撲向媽媽懷抱，哭得大聲又委屈，一開口就汙衊我打他。

大嫂惡狠狠地痛罵我，完全沒了平時親切和善、需要人保護的柔弱模樣，破口大罵我膽敢為了一隻狐狸碰她的寶貝兒子！叫我滾回台灣！就連大嫂十四歲長女法蒂都跳出來辱罵我這個嬸嬸沒肚量，不該為了一頭野畜和寶貝金孫阿迪計較，大嫂長子薩伊則惡狠狠地瞪我。

貝桑嚇到了，完全沒料著一碰到麥麥，我可以決絕地什麼都不要了，甚至當著所有人的面挑戰大嫂的權威與地位。身為家族老么的他，完全沒有能力處理此等衝突，毫不思索地順著「長兄如父、長嫂如母」的傳統價值走，對著我氣急敗壞地說：「妳想走，儘管走吧！」拿起木棍朝麥狐窩的土磚一陣猛敲。我冷冷看著土磚碎裂、掉落，啊，那是孩子們花了多大力氣才建造的麥狐窩，同時被砸碎的，還有我對這群人最後的信任與善意，是我以為異族能相互尊重、和平相處的樂觀盼望。

我回房找了個袋子，將麥麥裝了進去，拿了錢包與護照，大步踏出民宿大門，頭也不回地離開。

即便一大家子所有人全拿過我的好處，一遇到「外敵」，家族保護模式自然啟動，金孫阿迪與大嫂是自家人，而我永遠是異族，就像麥麥永遠是野畜。

⋯⋯

揹著麥麥，大步踏出民宿大門，一時間茫然無頭緒。我決定上村裡堂哥卜拉辛開的鋪子坐坐，順道問問這時有沒有交通方式能讓我和麥麥離開荒謬野蠻的沙漠聚落。

卜拉辛永遠溫暖敦厚，邀我坐下來喝茶，微笑聽我一古腦兒訴說與家族發生的爭吵，什麼都沒說。

抱著麥麥，我坐在店門口思索下一步。麥麥安安靜靜窩在袋內，我把手伸了進去，搔搔狐狸頭，抓抓大耳朵，咕嘰咕嘰小下巴，麥麥便一點跳出袋子的意思都沒有。

麥麥是不親人，但也半馴化了，為了讓他對我有那麼一點點信任，天曉得我多努力！

傍晚，卜拉辛關了店門，問我想去哪裡？我說不想回民宿，考慮到拉巴特找慕禾。他笑了笑，邀我跟他回里桑尼（Rissani）的家，說他爸媽和老婆小孩會很高興看到我。

到了里桑尼，堂哥全家熱情招待我，堂嫂特地為我烹煮庫斯米（couscous），堂哥媽媽不知發生了什麼事，聽不懂法文，可她老人家見多識廣，只說了句：「當初貝桑家什麼都沒有，全是妳掙來的。」

旁觀者清，卜拉辛一針見血地指出所有問題關鍵全在貝桑身上，正因立場搖擺，一遇到與家族任何衝突，永遠將過錯歸到我身上，以至於所有人對我予取予求，大嫂可以兇我、叫我滾，就連大嫂小孩都可以跟著媽媽對我惡言相向。

⋯⋯

那晚，卜拉辛讓我睡他弟弟剛粉刷好的新房，我客氣地問麥麥可不可以出來透氣，他馬上差遣兩個兒子找來乾淨紙箱和棉被，為麥麥造了個窩，問：「這樣棉被夠嗎？晚上麥麥會不會冷？」

同樣是出身遊牧民族貝都因，對孩子的生命教育多麼不同。

⋯⋯

隔天一早，享受過寧靜溫馨的早餐後，揹著麥麥，該往哪兒走呢？

我還是想去拉巴特找慕禾商量，卜拉辛說：「我不認為這時候妳該離開，走，我陪妳回去吧！」

搭車回到民宿，貝桑還在氣頭上，經過卜拉辛一番開導，情緒較平靜。

我把麥麥放回麥狐窩，貝爸一看我回來，開心地跑來打招呼，直說天底下沒哪個地方比家裡好。

卜拉辛說，昨晚家族討論許久，除了大嫂，所有人都認為我應該回來，畢竟我向來善待家族每個人。三哥勸大嫂也該管管阿迪，她沒權力把我掃地出門，民宿是我和貝桑一手打造的，是我的家，更何況我是貝桑的合法妻子，理所當然是「一家人」，就有資格住這裡。

這一鬧，反而更確認我在民宿的合理居住性與使用權，不再只強調民宿蓋在貝爸土地上。

⁘

不一會兒，貝媽來了，我們很正常地打招呼，她毫無異樣，彷彿什麼事都不曾發生過。

很快地，除了大嫂以外的家族女人一一前來問候，小孩也來玩，當然，除了阿迪。

待所有人離去，民宿恢復寧靜，我終於有勇氣查看麥狐窩。一走近，我相當詫異地發現狐窩已經整理妥當，不僅清掉了阿迪砸向麥麥那堆石頭，貝桑敲毀的狐窩外牆也砌好，連狐窩原本有的小缺口都被人細心地用石塊塞了起來。

傍晚，我跳進麥狐窩，稍微清理一下沙子，猶瑟跑來，驚訝地看著受損的麥狐窩，自告奮勇說要幫忙修補。他熟練地找水盆，裝水，將黏土弄溼，糊起牆來。

涵涵說什麼都要和我一同跳進麥狐窩清理狐大便，邊清理邊帶著甜美笑容說，阿迪拿石頭丟麥麥，真是壞壞！還說阿迪說我很可怕，然後就大聲哭了起來。

⋯⋯

在這長兄如父，極重輩分的地方，我為了一隻狐狸槓上大嫂，深深傷了貝桑的心，那力道幾乎等同我和貝媽吵架。貝桑極度尊重甚至崇拜大哥，重舊情，曾帶著很深的情感告訴我大哥向來顧家，他小時候重病，大哥帶著他四處求醫，直到他痊癒。後來或許受了大嫂影響，才會愈來愈忽略對父母手足的照顧。

晚上，依然極度傷心的貝桑獨自在另個房間睡覺，我和麥麥一起睡屋裡，畢竟才剛回來，我不確定對麥麥來說，民宿是否依然是個安全的地方？真怕他跑了，不如先放身邊。

對於少根神經且不把輩分放眼裡的我來說，直到大嫂毫不客氣地以高傲姿態臭罵我，這才驚覺「長幼有序」、「男尊女卑」且「人類永遠優於動物」是這傳統大家族不可被撼動的真理。

••••

摩洛哥社會學家梅尼希在《女人之夢》（*Rêves de femmes*）提到「後宮」（Harem）概念，書裡的父親曾說，阿拉創造地球時，有充分理由分隔男女，並在基督徒和穆斯林之間創造一片海洋。唯有每個群體都尊重「hudud」，秩序與和諧才能存在。

Hudud 意指由伊斯蘭律法而來的「邊界」或「限制」，「做為穆斯林，意謂尊重 hudud，即真主的神聖界限」，對男性的尊重首先透過尊重真主的界限來實現，是而女性試圖越界的任何行為都被視為是對宗教的褻瀆、對自身文化的背離。

後宮不只是狹窄宅院，更是「由宗教保護的神聖之物」，一道道不可跨越的高牆阻隔女性向外探索的視線，活似監獄，由門衛守護往來內外的樞紐。被關鎖在其中的女性身體被物化，只為滿足男性擁有者的欲求。

邊界更與宗教及風土民俗息息相關，當人遵守邊界，便是將隱形後宮帶在身上，「銘刻在額頭上和皮膚裡」[1]。

即使是晚梅尼希四十年出生且在自由氛圍下成長的摩洛哥裔法國作家蕾拉・司利馬尼（Leïla Slimani），童年時仍相信：「女人是靜止不動、家居的存在，她們在裡面比在外面安全。她們不如男人有價值。」[2]

沙漠雖無實質的後宮，相同規訓無處不在且所有人奉行不悖，家族女性甘於在被稱為「家」的圍牆內安穩生活，當「外來異族」如我試圖越界，無法全然服從於男性意志之下，罔顧「人獸殊途」原則，甚至將「野蠻異種」狐狸帶入「家」這文明空間，打破規範，家族便迫不及待充當門衛糾正，捍衛隱形邊界，甚而將我與麥麥踢出圍牆外，以免我混亂神聖秩序，乃至成了貝都因故事裡那匹吃了羊的狼。

傳統規訓不是我從小所受的教育，就像麥麥並非由人類養大的寵物，無法如家族女人般地安居於 hudud 圍起的空間。

---

1 Fatima Mernissi, *Rêves de femmes : Une enfance au harem*, Le Livre de Poche edition, 1998. 書名直譯《女人之夢：後宮裡的童年》。

2 蕾拉・司利馬尼著，林佑軒譯，《夜裡的花香：我在博物館漫遊一晚的所見所思》（台北：木馬文化，二〇二三年）。

柒・兩相忘

殊途

沙漠冬陽暖暖高照，一切再度平靜美好。

與人嫂爆發衝突後，我對家族女人的連結與理解似乎加深了，同時與大嫂彼此自動避開。

約莫一個月後，到外地進行羊隻與蔬果買賣的大哥因身體微恙而提早返家，貝桑載他看遍鄰近所有醫生，毫無起色。在貝媽溫情要求下，我勉為其難前往探望。

走進房間，大哥躺在墊子上，印堂發黑，屋裡擠滿了探病親友，大嫂坐在大哥身旁，徬徨無助，愈顯柔弱，見到我去，感激地看了我一眼，微微向上彎起的嘴角裡滿滿求助訊息。大哥見我來，開心極了，彷彿我的造訪讓他家蓬蓽生輝。

阿迪在屋裡玩鬧，看到我，緊張地窩進媽媽懷裡。

我坐了下來，眾人七嘴八舌報告大哥病情，把我當醫生似的。我聽著，努力理解發生了什麼事，忽地，電視桌底下隱約一抹藍色影子吸引目光，那帶點螢光的亮藍色與絨毛布質地，好眼熟呀。竟是那只藍色絨毛布偶！布偶早已面目全非，塞在裡頭的棉花全空了，僅剩一丁點碎片扁扁地塌在那兒，若非我坐的位置角度恰巧讓在桌底陰暗處微微發亮的藍光映入眼簾，根本無從得知這隻為桂桂遺物與麥麥陪伴物的藍布偶竟跑到這兒。

只會是穆罕默德。即便我明確拒絕將藍布偶給阿迪，依然被他順手牽羊帶回來取悅弟弟了。

記得那時我還親手把藍布偶交給穆罕默德呢，是褐色臉龐上純樸笑容裡的誠懇，讓我選擇忽略這孩子顯而易見的投機性格與貪婪。原來，純真的孩童笑容也可以是陷阱，誘人信任也因而失去信任。

也罷，他們的父親病了，算了。

我詳細詢問大哥所有症狀，一一記錄，以臉書回報台灣的醫生友人，收到的建議全是必須盡快帶他到醫院檢查。我們把車子借給三哥，請他載大哥進城就醫。

數天後，我和貝桑正在城裡帶團，接到三哥電話，醫院檢驗報告出來了，大哥兩顆腎都「乾」了。

許久，我才明白，啊，大哥罹患急性腎衰竭，需定期洗腎續命。

自此，載大哥進城洗腎的重責大任落在貝桑肩上。

⋯⋯

每周兩次，貝桑一大早起床，載大哥到兩個半小時車程外的城市洗腎，獨自在那兒待上四小時，再載大哥回家。出發時天色尚黑，回來時天同樣黑沉，等同貝桑每周被剝奪整整兩個工作天，無法掙錢。偏偏大嫂把親族贊助的醫療費藏了起來，大哥將往返交通支出丟給貝桑獨自承擔，耗盡貝桑僅有收入。

大哥的腎病壓得所有人喘不過氣，精神上與經濟上。

只要大哥身體稍有不適，家族女人小孩隨即呼天搶地哭嚎起來。

只要大哥想進城看診，貝桑就得放下手邊工作，趕回來載大哥前往任何他想去的地方。

只因憂傷大哥命不久矣，不會有任何人糾正阿迪的惡形惡狀。

阿迪身上小霸王氣焰仍稍減了些，因為他爸爸生病了，不再是享有威權的尊貴家族掌舵者，卻是仰賴眾人恩情與施捨的病患。

⋯⋯

貝桑疲於奔命，迅速消瘦，家族袖手旁觀，只因他是最沒有權力與資源的么兒，我則是遠道而來的異族女子且帶著異種麥麥。

這卻也是我與麥麥最能在民宿安居的日子。

家族對待我的態度有了更多尊重，每當我需要幫手打掃民宿、搬重物或清理麥狐窩，穆罕默德第一個自告奮勇，殷勤得很。孩子們較少來民宿吵鬧，更沒人膽敢拿石頭棍棒向著麥麥。

眾人心知肚明，貝桑能一肩扛起大哥洗腎交通支出，全因背後有我慷慨援助。

⋯⋯

那年夏天回台灣避暑前，我把麥麥和民宿整串鑰匙交給穆罕默德，外加一筆麥麥伙食費。我知道穆罕默德會好好照顧麥麥，因大嫂對我有所求，便會叮嚀她兒子照我的意思做。

秋天回來時，大嫂親自在門口迎接，一見我下車，馬上從口袋掏出民宿鑰匙串，比手畫腳對我說穆罕默德多麼認真負責，還要把買雞肉剩下的錢還我。我笑著謝謝她，搖搖頭。

進門一看，呵，如我所料，麥麥安然無恙，麥狐窩裡的沙子是乾淨的，廚房冰箱裡是新鮮完整的雞胸肉，就連民宿院子也打理得挺好。

家族就像一棵大樹，穩穩矗立於荒漠，枝葉茂密，照應彼此，今天你為我擋風，明天我幫你遮陽，有雨水就共飲。每個成員都是這棵樹上的一根枝幹，單一個體的缺殘或離去，不影響大樹生存，然而，若無法長成大樹想要的枝幹，便無法被接納成為家族一分子。

大哥曾是家族這棵樹的主幹，一旦罹病，所有人迅速動員，撐起一張綿密的網，接住大哥一家。表面上這讓家族愈發團結，休戚與共，實質上，老么貝桑在家族集體期待與自身對親族情感驅動下，硬拉著我，成為這張網絡的主要資源供應者。

當家族圍聚在大哥病床旁嘘寒問暖，為他按摩、遞茶、擦汗，當大嫂與孩子們膩在大哥身上享受家族保護傘，天倫之樂的溫馨畫面，愈發讓我自覺「異族」。那樣親暱的情感，那樣的水乳交融，我與他們永遠不會有。

然而，若能成為益於家族命脈延續的「養分」，化做滋潤樹根的涓滴雨水，如我這等異族與麥麥這類異種便可與眾人相安無事地共存，井水不犯河水。

甚而被遺忘，也因被遺忘而不受驚擾。

被遺忘的麥麥，宛若被文明遺忘的野蠻，在被使用後，因被遺忘而終獲些許清幽。

是否，這同樣是家族與異族、人類與自然、文明與野蠻在關係上的本然？

⋯

數個星光依舊清晰可見的寒夜清晨，貝桑匆匆開車載大哥出門，家族所有人仍然酣睡，沙漠寂靜無聲，我披上外套，看著狐窩裡的麥麥，深感我們同是這家族、這地方的「他者」，永遠不可能以我們如是的樣子被接納。

我不可能變成家族期望中的樣子，就像麥麥永遠是野的，不馴。

再怎麼委曲求全甚或配合，在家族眼中，我們都是「他者」，野的，不馴。

麥麥那雙圓圓亮亮的大眼如夜般深沉，從來只是靜靜看著，我的心明白，是對麥麥的牽掛把我牢牢釘在沙漠，忍受家族種種索求。那份牽絆，化做拉巴特就醫之旅，是裡頭鋪著乾淨細沙的嬰兒床，是來自台灣的胸背帶，甚或愈拉愈長的牽繩，最具體宏偉的當然是宛若城堡的麥狐窩，想方設法在人類文明屋舍裡，一磚疊著一磚地創建一隅允許受傷的自然依舊能活得相對自然、且受到保護的文明建物。

愛、牽掛與無償付出，就能把生命留下？

在夾縫中溫暖相伴的日子還能多久？

若終究「殊途」，未來的路該怎麼走？

或許照顧罹病丈夫的大嫂也在問。

⋯⋯

大哥病倒約半年多，夏季高溫下，貝爸熱衰竭，走了。

從此，整個龐大家族唯一以我與麥麥本然樣貌喜歡我們的那個人，不在了。

受傷的自然終究回到自然

「我記得那隻狐狸。人如果讓自己被馴服了，就有可能哭泣……」

長達一年的洗腎後，大哥驟逝。

腎病讓他從原本的草莽硬漢瞬間成了舉步維艱的脆弱病患，生活起居無不仰賴家人照料，活得很悶。

正當健康狀況看似好轉，大哥再也忍不住，獨自騎摩托車前往山間訪友，返家後常感疲憊，在自家院子稍走幾步就累得氣喘吁吁。幾天後，他忍不住嘴饞多喝了兩杯駱駝奶，從此病情急轉直下，撐了兩三天，人就沒了。

短短幾個月，貝桑接連失去父親與大哥兩位至親，悲痛欲絕，精神恍惚，日夜聽著《古蘭經》，天未亮便到清真寺祈禱。家族亦亂成一團，天天出現來慰問的陌生遠親，民宿與老宅雖隔著牆，生離死別的躁動憂傷仍傳了過來。

我感受那份混亂，聽著從家族老宅傳來一聲聲哭泣與嘆息，知道自己理應同悲，所有感受卻都淡淡的，就像麥麥遠遠看著一齣齣人間戲。

••••

大哥甫安葬，數位親族尚在家中安慰大嫂與貝媽，家族這棵大樹迅速適應單一枝幹的失去並進入必然的重整。

二〇一八年二月十九日清晨，我起床，發現麥狐窩空了，民宿大門留了個縫，應是貝桑摸黑上清真寺祈禱，迷迷糊糊沒關上。

明知徒勞，我依然獨自在民宿內外、鄰近一帶與沙丘群尋找。

時間到了，我在撒哈拉最大的牽掛無聲無息地走了，麥麥不會再讓我找到他了。再怎麼打造最接近自然的環境，他在民宿依舊過得不舒坦，狐不像狐，沒有夥伴，想回家了。

⋯⋯

不消幾天，麥狐窩悄然被毀，土牆碎成土塊，散落一地。隨之崩垮的，是我心底曾牢牢護住希望的什麼。

過了幾天，就連土塊都被搬走了，角落空無一物，什麼都不留。

我的心，有一塊就這麼空了，沒有親眼看見麥麥離開，沒有機會好好說再見，與麥麥的故事便沒有句點，結局永遠懸著，彷彿麥麥只是出門散散步，一會兒就會回來，這讓我的傷心至今不完全。

⋯⋯

「妳還好嗎？」M問，「離開或許對麥麥比較好，在動物身體中的靈魂，是透過本能來完成這一段生命旅程。」

「麥麥一走，我在沙漠更沒牽掛。麥麥死了嗎？」

「無法回答。但若死在家裡，妳就多了更多傷痛要處理。」

「啊？是因為跑不見，我比較不會難過，跟收屍比起來。」

「妳會在乎他怎麼死的。」

「會啊。」

「這是答案，不是問句。讓麥自由吧。妳是自由的靈魂，但同樣要學會放手讓他人自由。」

金色沙丘的盡頭

「讓沙漠愈發美麗的，是在不知名角落，藏著一口井。」

許久之後，貝桑親族添丁，我想將箱底那幾雙買給麥麥的全新嬰兒襪送出去。

打開鐵箱，嬰兒襪就在那兒，理智說這些都不再需要了，麥麥回到沙丘，沒了兩隻前腳，既無法捕捉獵物，也無法挖洞躲藏，恐怕早斷了氣。心卻看見麥麥趴在金色沙丘上，一雙圓圓亮亮的大眼睛直勾勾看著我。

「等麥麥玩累就會回家」的意念讓我不曾因麥麥的離去而哀慟欲絕，就連悲傷都不怎麼誠懇，思念卻拉得老長老長。

那天，我想找出塞在櫃子底層的衣物，一個東西掉落地面，是麥麥的胸背帶。我整顆心是空的也是滿的，很痛很痛，卻又什麼感覺都沒有，服從了當下唯一意念，彎腰拾起胸背帶，握緊這個曾綑綁麥麥也讓我隨時可再找回他的人類文明物……

我走到院子，撿了些柴，堆成尖尖一疊如沙丘，點燃，讓胸背帶化為灰燼，隨白煙朝最遠的天際飄去。

焚毀限制與牽絆，才能釋放自由與強悍。

⋯⋯

大哥走後，家族網絡牢牢支撐孤兒寡母，保其生活無憂。

孩子們符合期望地長成大人想要的樣子，即便行走於無座標的荒漠，言行思維全是家族那套，傳統高牆護佑下，大樹枝幹愈發茂密旺盛。

狐狸的確不會變成兒子，我依然沒能為家族產下一兒半女來熱鬧那張小小嬰兒床，然而，一條條提供民宿住客使用的毛毯摺疊妥當，塞滿了小床。所有物件只要被使用，就非「閒置中」，便是「有用的」。

⁘

咖啡若與甜茶混合便難以入口，水與油只會是彼此的平行宇宙。

我與家族終究漸行漸遠，孩子們對待動物的方式依舊粗暴，看到耳廓狐照片，脫口而出的字句倒成了「麥麥」而非「狐狸」。

曾如城堡般堅固的麥狐窩被敲碎成土磚與土塊，搬到民宿門外，圍著剛栽下的樹苗堆疊成牆，好留住灌溉水，抵擋風沙與太陽，以另種形式守護著沙漠生命。

⁘

狐狸來了又走，在我生命中留下的，唯有文字，與金色沙丘。

我心底藏著一座金色沙丘，是愛、寧靜與和平之所在，允許生命網絡自由流動。

這世界不會有任何人比我更愛麥麥，因為我對他的付出與承擔，因為他的存在與陪伴，是我們一同活過的經歷，讓彼此成了唯一，沙丘上其他小狐狸都不是我的麥，而我的麥之於我，永遠是唯一。

當撒哈拉生活讓人再無法忍，遙望沙丘，想起了我的麥，記憶便把愛帶了回來，我也有了安慰與力量。走入沙丘，想著我的麥、麥狐一族與沙丘生命網絡，在我規劃的撒哈拉行程中，便有著愛與對生命的尊重，我帶客人走入的沙丘不僅是觀光景點，亦是麥麥來自與回歸的地方，更是沙漠特有生靈活躍之處。

每一次，心裡有麥有愛，在撒哈拉做的事，對麥都是祝福，而麥麥乘著愛與祝福，只會去有光有愛，更好更好的地方。

沿著沙丘群向天際連綿無盡的，是思念，也是愛。

沙丘群盡頭，光亮匯聚處，麥麥活躍在蓋亞懷中，過往傷痛盡數獲得療癒。

⋮

若有天您恰巧經過撒哈拉，遇見一隻金色大耳狐遠遠望著您，若他前腳短短的，落在沙丘上的足跡圓圓淺淺的，您一定猜到他是誰。那麼請行行好，一定要告訴我，麥麥回來了……

麥麥出現第一天便已切除無法保住的兩隻前腳，簡單處理傷口，安置於紙箱內。

麥麥把藍布偶從箱子邊邊推到中間，下巴靠上去，用眼角餘光覷我。

在鐵箱裡靜靜晒太陽的麥麥聽到麻雀飛過或是我的動靜，
好奇探出頭。

麥麥受傷後第一次回到沙丘，激動地想朝沙丘群中央奔去，
不斷跌倒。

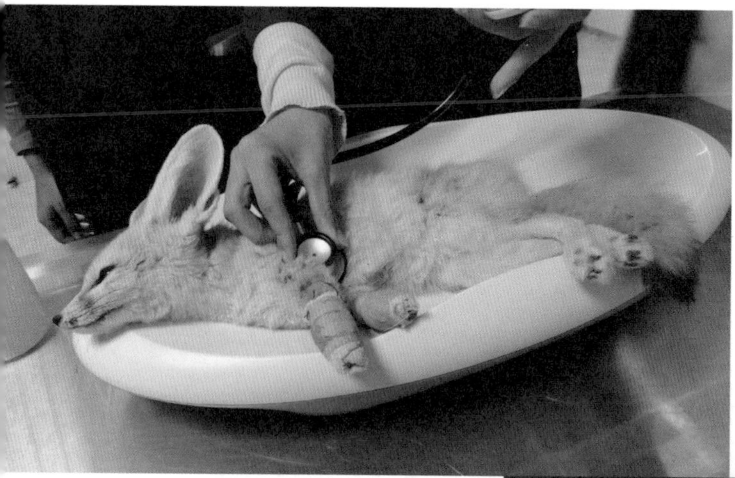

麥麥打了麻醉藥，
躺在手術台，準備
進行截肢手術。

手術完成後，我為
麥麥穿上嬰兒襪好
保護傷口。

麥狐窩蓋在離房間最遠的角落，也是麥麥最喜歡的地方。

麥狐窩外觀。高牆擋陽光，矮牆低處做了通風口，麥麥可自由進出。

麥狐窩內部，空間寬敞，內附可藏身的洞穴，窩裡鋪上細沙。

躲在土窯裡睡覺的麥麥。

即便知我友善，麥麥依然保持警戒觀望，我不曾是他的主人。

夏日，麥麥讓打開的結冰水瓶口向著自己，下巴靠上去，張嘴散熱。

麥麥很喜歡民宿最邊緣角落，我便在這兒鋪上厚厚一層細沙。

若麥麥在院子遊蕩，我們想抓他回狐窩，他便奮力跑給大家追。

若無立即威脅，即便是人或貓靠近，麥麥基本上不太會逃跑。

剛入住麥狐窩的麥麥身穿胸背帶，並以嬰兒襪避免截肢處磨傷。

民宿帳篷區的沙地佈滿麥足跡，見證小狐狸前一晚在星空下的狂歡。

麥麥在棕櫚樹苗旁納涼，幼貓把頭靠在他的尾巴上，麥麥並未驅趕。

麥麥以兩隻後腳撐起上半身，將身體拉長擴大，呈現威嚇狀態。

麥麥逃出民宿，奔向廣闊天地，
貝桑赤腳在後頭苦追。

麥麥尋找適恰的藏身處，繞著樹叢走，
想回沙丘，留下一排排腳印。

獨特的麥足跡

後話

第一個在我生命裡烙下印記的野生動物，是鷹。

二〇一一年服務於摩洛哥人權組織時，我在拉巴特市集遇見一對被人類從鷹巢偷來的雛鷹，懷著野放的願，帶了回來，沒為捍衛人權出多少力，倒將時間心力全用於服務鷹。[1]

「我們能實際觸碰到野生動物，往往只有在狩獵、研究或動物落難的時候，而牠們會落難，通常也是我們的錯。」自然學者海倫．麥克唐納（Helen MacDonald）如是說，當所照顧的雛鳥終能自由飛走，「我強烈感覺到人類對世界犯下的過

---

1 詳見《鷹兒要回家》（台北：廣場，二〇一五年）。

錯，至少有一個獲得了彌補。」過程中，「你得以認識一個與你不甚相似的生物，你必須充分了解牠，不只為了幫助牠活下去，也為了將牠放回去，像一片拼圖，放回牠在世界留下的那一格空缺。」[2]

「生而為人，我很抱歉。」人類對自然生靈的摧殘常讓這句縈繞我心頭。照顧鷹或狐，多少讓我有贖罪感，亦是關乎愛與自由的學習，撒哈拉數年磨練讓我照顧小狐時，比起先前照顧雛鷹，因較能理解人類粗暴野蠻行徑而稍稍釋懷。

⁘

與麥麥相伴的路上，幸有M與慕禾（Mohamed Leghtas）在關鍵時刻提供協助。謝謝 Lindy 與 Peter 亙古不變的支持，以及 Eva、Edith、靖涵與諸多臉友的陪伴。同時感謝麥麥與我的業力夥伴貝桑，陪我在撒哈拉演了好一段《小王子》。

紀伯倫曾說：「一粒珍珠是痛苦圍繞著一粒沙子營造而成的聖殿。」[3]

來自無盡沙子堆積而成的沙丘的麥麥，在我生命中留下的，直到書稿底定，我才稍較明白。

即便已然知曉從此思念將如沙丘，在每個荒漠般的日子裡延伸無盡頭，在自己筆下每則撒哈拉童話，總藏著一隻小狐狸，若時間倒轉，在石破天驚的相遇那刻，我仍將義無反顧把那傷重驚慌的小生物擁入懷，我仍願意讓自己的心從此駐著一座金色沙丘，只為麥浪的顏色。

本書得以問世，感謝欣梅溫暖歡樂陪伴，以及聽見萬里外達達馬蹄的詠瑜，把我每本書做得那麼好。

---

2 《向晚的飛行》

3 紀伯倫著，蔡偉良譯，《沙與沫》（台北：時報文化，二〇二三年）。

參考書目

上田莉棋，《別讓世界只剩下動物園》（台北：啟動文化，二〇一八年）。
龍緣之，《尋找動物烏托邦：跨越國界的動保前線紀實》（台北：這邊出版，二〇二二年）。
白龍，《搜妖記：中國古代妖怪事件簿》（台北：漫遊者文化，二〇二二年）。
魚凱，《非關政治，替動物發聲》（台北：時報文化，二〇二二年）。
海倫．麥克唐納著，韓絜光譯，《向晚的飛行》（台北：大塊文化，二〇二三年）。
紀伯倫著，蔡偉良譯，《沙與沫》（台北：時報文化，二〇二三年）。
喬伊．亞當森著，龐元媛譯，《獅子與我》（台北：貓頭鷹，二〇一二年）。
安東尼．柏克、約翰．藍道著，蔡青恩譯，《重逢，在世界盡頭：從倫敦到非洲的人獅情緣》（台北：遠流，二〇〇九年）。

安東尼・聖修伯里著，蔡孟貞譯，《風沙星辰》（台北：愛米粒，二〇二二年）。
安東尼・聖修伯里、阿勒班・瑟理吉耶、安娜・莫尼葉・梵理布著，賴亭卉、江灝譯，《遇見小王子》（台北：大塊文化，二〇二三年）。
道格拉斯・查德維克著，柯清心譯，《人類是五分之四的灰熊》（台北：知田出版，二〇二三年）。
梅蘭妮・查林傑著，陳岳辰譯，《忘了自己是動物的人類》（台北：商周，二〇二一年）。
艾莉・拉丁格著，楊夢茹譯，《狼的智慧》（台北：商周，二〇一八年）。
康拉德・勞倫茲著，游復熙、季光容譯，《所羅門王的指環：與蟲魚鳥獸親密對話》（台北：天下文化，二〇一九年）。
內山節著，秦健五譯，《日本人為什麼不再被狐狸騙了》（離城出版社，二〇二三年）。
新美南吉著，林真美譯，周見信繪，《狐狸阿權》（新北：步步出版，二〇二一年）。
約翰・海恩斯著，尤可欣譯，《星星、雪、火：在阿拉斯加荒野二十五年，人與自然的寂靜對話》（台北：馬可孛羅，二〇二三年）。
威爾・金利卡、蘇・唐納森著，白舜羽譯，《動物公民：動物權利的政治哲學》（台北：貓頭鷹，二〇二一年）。
巴諦斯特・莫席左著，林佑軒譯，《生之奧義》（台北：衛城，二〇二一年）。

李・杜加欽、柳德米拉・卓特著，范明瑛譯，《馴化的狐狸會像狗嗎？蘇聯科學家的劃時代實驗與被快轉的演化進程》（台北：貓頭鷹，二〇二一年）。

愛德華・威爾森著，金恒鑣、王益真譯，《半個地球：探尋生物多樣性及其保存之道》（台北：商周，二〇一七年）。

凱兒・弗林著，林佩蓉譯，《遺棄之島：得獎記者挺進戰地、災區、棄城等破敗之地，探索大自然的驚人復原力》（台北：商周出版，二〇二三）。

蘇珊・歐琳著，韓絜光譯，《不想回家的鯨魚：15個來自動物的真實故事，探索人與動物之間看不見的愛與傷害》（台北：漫遊者文化出版，二〇二三）。

安・史韋卓普－泰格松著，王曼璇譯，《站在自然巨人的肩膀：看自然如何將我們高高舉起，支撐萬物生息》（台北：漫遊者文化出版，二〇二一）。

瑪莉・羅曲著，黃于薇譯，《當野生動物「違法」時：人類與大自然的衝突科學》（台北：紅樹林，二〇二三）。

彼得・克里斯蒂著，林潔盈譯，《愛為何使生物滅絕？在野生動物瀕危的時代，檢視我們對寵物的愛》（台北：貓頭鷹，二〇二一）。

黛博拉・羅斯著，黃懿翎譯，《野犬傳命：在澳洲原住民的智慧中尋找生態共存的出路》（台北：紅桌文化，二〇一九）。

蕾拉．司利馬尼著，林佑軒譯，《夜裡的花香：我在博物館漫遊一晚的所見所思》（台北：木馬文化，二〇二三）。

Jacques Derrida. *L'Animal que donc je suis*, Éditions Galilée, 2006.

Thirion Jean. *Orphée magicien dans la mosaïque romaine. A propos d'une nouvelle mosaïque d'Orphée découverte dans la région de Sfax*. In: *Mélanges d'archéologie et d'histoire*, tome 67, 1955. pp. 147-177.

Champault D. *Un collier d'enfant du Sahara algéro-marocain*. In: *Journal de la Société des Africanistes*, 1956, tome 26. pp.197-209.

Bellin Paul. *L'enfant saharien à travers ses jeux*. In: *Journal de la Société des Africanistes*, 1963, tome 33, fascicule 1. pp. 47.

Benkheira Mohammed Hocine. *Lier et séparer. Les fonctions rituelles de la viande dans le monde islamisé*. In: *L'Homme*, 1999, tome 39 no 152. *Esclaves et «sauvages»*. pp. 89-114.

Fatima Mernissi. *Rêves de femmes : Une enfance au harem*, Le Livre de Poche edition, 1998.

STORY 088

蔡金麥與我：一隻撒哈拉耳廓狐的故事

作　者——蔡適任
責任編輯——陳詠瑜
行銷企畫——林欣梅
校　對——聞若婷
封面設計——ＦＥ工作室
內頁設計——張靜怡

總編輯——胡金倫
董事長——趙政岷
出版者——時報文化出版企業股份有限公司
一〇八〇一九臺北市和平西路三段二四〇號三樓
發行專線——（〇二）二三〇六——六八四二
讀者服務專線——〇八〇〇——二三一——七〇五
（〇二）二三〇四——七一〇三
讀者服務傳真——（〇二）二三〇四——六八五八
郵撥——一九三四四七二四時報文化出版公司
信箱——一〇八九九臺北華江橋郵局第九九號信箱
時報悅讀網——http://www.readingtimes.com.tw
電子郵件信箱——newstudy@readingtimes.com.tw
時報出版愛讀者粉絲團——https://www.facebook.com/readingtimes.2
法律顧問——理律法律事務所　陳長文律師、李念祖律師
印　刷——勁達印刷有限公司
初版一刷——二〇二四年五月二十四日
定　價——新臺幣三五〇元
（缺頁或破損的書，請寄回更換）

時報文化出版公司成立於一九七五年，
一九九九年股票上櫃公開發行，二〇〇八年脫離中時集團非屬旺中，
以「尊重智慧與創意的文化事業」為信念。

蔡金麥與我：一隻撒哈拉耳廓狐的故事／蔡適任著. -- 初版. -- 臺北市：時報文化出版企業股份有限公司, 2024.05
256 面；14.8×21 公分. --（STORY；88）
ISBN 978-626-396-280-4（平裝）

863.55　　113006345

ISBN 978-626-396-280-4
Printed in Taiwan